KB123815

로크미디어가
유혹하는
재미있는 세상

무인환생 8

2023년 7월 6일 초판 1쇄 인쇄
2023년 7월 11일 초판 1쇄 발행

지은이 윤신현
발행인 강준규

기획 이기헌 왕소현 임동관 박경무 강민구 조익현
책임편집 금선정
마케팅지원 이원선

발행처 (주)로크미디어
출판등록 2003년 3월 24일
주소 서울시 마포구 마포대로 45 일진빌딩 6층
Tel (02)3273-5135 **Fax** (02)3273-5134
홈페이지 rokmedia.com **E-mail** rokmedia@empas.com

ⓒ 윤신현, 2023

값 9,000원

ISBN 979-11-408-0608-9 (8권)
ISBN 979-11-408-0600-3 04810 (세트)

武人還生

⑧

윤신현 신무협 장편소설

무인환생

차례

제60장 뜻밖의 손님

"그런 건 다 거품에 불과해. 부질없는 것들이지. 물론 그 가치를 폄하하는 건 아냐. 하지만 적어도 나한테는 딱히 큰 가치가 없어. 오히려 지금의 생활이 나에게는 더 중요해. 즐겁고, 재미있기도 하고. 물론 마룡이나 윤이는 언젠가 떠나보낼 생각이긴 해. 둘은 더 큰 세상을 둘러볼 필요가 있으니까. 하지만 나는 아냐. 필요하다면 돌아다닐 생각은 있지만, 그건 유모와 함께해도 되는 것들이니까."

소하정이 두 눈을 껌뻑였다.

순간적으로 무슨 말인지 이해하지 못한 것이었다.

그런데 그 모습에 석진호의 미소는 더욱 짙어졌다.

"그러니 쓸데없는 걱정은 하지 말고. 유모가 생각하는 그런 거 절대 없으니까."

"정말요?"

"응. 내가 불필요한 거짓말 하는 거 본 적 있어?"

"어, 없죠."

소하정이 고개를 저었다.

확 달라진 이후 그녀는 석진호가 거짓말을 하는 걸 본 적이 없었다. 차라리 애매모호하게 말하면 말했지 거짓말은 하지 않았다.

"난 지금의 생활에 만족해. 그러니까 걱정하지 마. 아, 혹시 유모가 지루한 건가?"

"그럴 리가요!"

소하정이 화들짝 놀라며 소리쳤다.

그러다가 이내 자신의 실수를 깨닫고는 황급히 양손으로 자신의 입을 막았다.

보통 사람은 잠자리에 드는 시간대라는 걸 뒤늦게 깨달아서였다.

하지만 그녀가 놀란 것과 달리 엎어져 있던 흑휘는 귀 한 번 쫑긋거리지 않았다.

"심심하면 말해. 근처에 나들이라도 가게. 다른 성은 모르겠지만 현재 하북성은 안전해. 석가장주님이 열심히 움직이는 거 유모도 알고 있지?"

"네. 현재 중원에서 가장 안전한 곳 중 하나라고 들었어요.

무인환생

그렇게 만든 게 도련님이시고요."

"금칠은 그만하고."

"하지만 사실이잖아요?"

소하정이 대견하다는 눈빛으로 석진호를 쳐다봤다.

아장아장 걸어 다닐 때가 아직도 선명한데 이렇게 장성해서 천하에 이름을 떨치고 있었다.

그게 그녀는 너무나 자랑스러웠다.

그리고 돌아가신 주인님도 떠올랐다.

'보셨다면 정말 좋아하셨을 텐데.'

석진호는 기억하지 못하지만 그녀는 아직도 선명하게 기억했다.

죽기 전 석진호를 바라보던 시선을 말이다.

마치 화폭처럼 그 장면은 그녀의 뇌리에 깊게 남아 있었다.

"어쨌든 나들이도 가능하니까 가고 싶으면 언제라도 말해."

"알겠어요."

세상은 전쟁으로 난리이지만 이상하게 승천무관만은 그런 분위기와 떨어져 있었다.

신기할 정도로 전운이 피해 가는 느낌이라고나 할까.

물론 정마룡과 탁윤, 채소강을 비롯한 관도들은 혹시 모를 사태에 대비해 자체 전시체제에 돌입해 있었지만 석진호나 북궁혁, 당하린, 당아린 자매는 평소와 똑같았다.

너무 태연하게 지내서 오히려 이상해 보일 정도였다.

"돈이 필요하면 고민하지 말고 말하고. 이번에 나 많이 번 거 알고 있지?"

"호호! 이럴 때 보면 진짜 피는 못 속이는 거 같아요."

"돈은 많을수록 좋아. 그리고 어떻게 버느냐도 중요하지만 그 이상으로 중요한 게 어떻게 쓰냐이니까."

"알았어요. 필요하면 바로 말씀드릴게요."

얼굴이 한결 가벼워진 소하정이 웃으며 고개를 끄덕였다.

그렇게 화기애애한 분위기 속에서 담소는 이어졌다.

석명일은 별장으로 처소를 옮겼지만 그럼에도 하루가 멀다 하고 중원 각지에서 모이는 정보들을 정리해 석진호에게 전달했다.

약속했던 대로 강호 정세를 파악해 알려 주었던 것이다.

그중 석진호가 가장 원하는 정보는 무당산의 현재 상황이었다.

"흐음, 결국 그렇게 됐나."

석진호의 눈빛이 무거워졌다.

예상을 아예 못 한 건 아니었지만 그럼에도 그는 정도무림의 승리를 바랐었다.

그래야 평화가 지속될 것이기 때문이다.

물론 역천마궁으로 인한 피해는 막대했다.

하나 무림의 역사를 곱씹어 보면 이런 전쟁은 수도 없이 일어났다.

그다음에 평화가 이어졌고.

이런 일이 계속해서 반복되었다.

그것을 직접 지켜본 이가 석진호이기도 했고.

다른 이들이야 전쟁이 났다고 안절부절못했지만 그에게 전쟁은 익숙한 일이었다.

정마전쟁도, 북해빙궁의 침공도, 남만 오독문의 중원 침략도 다 겪어 본 게 석진호였다.

"쌍존 선에서도 수습이 안 된다면 일이 좀 심각하기는 한데."

천하제일인의 자리를 다투던 쌍존마저도 역천마궁주에게 패퇴했다.

나중에는 내상을 가까스로 치료한 무당검존이 자존심도 버리고 협공했으나 결과는 패배였다.

그리고 그대로 무당산은 함락당했고, 가까스로 살아남은 이들은 소림사로 대피 중이라고 했다.

하지만 그조차도 임시방편일 뿐이었다.

"무당검존은 잡아먹히고 소림권존은 중상을 입어 정신을 차리지 못하고 있다라."

다른 이도 아니고 무당검존의 정혈을 흡수했으니 역천마궁주는 싸우기 전보다 훨씬 더 강해져 있을 터였다.

또한 그만큼 위험한 상태일 테고.

"일단 초월경 중엽까지는 올라갔겠군."

다른 사람들과 달리 석진호는 흡정마공에 대해 상당히 많은 걸 알고 있었다.

때문에 그는 현재 역천마궁주의 상태를 어느 정도는 짐작하는 게 가능했다.

"무공 비급을 미리 **빼돌려** 놓았다니. 최악의 상황도 준비하고 있었군."

툭. 툭. 툭.

이제는 목내이가 되어 있을 무당검존을 떠올리며 석진호가 탁자를 두드렸다.

역시 한 문파의 수장답게 대비를 잘한 것 같아서였다.

물론 당사자는 혹시나 하는 마음에 그랬겠지만 그게 무당파를 살린 것이나 마찬가지였다.

무공이 소실되지 않았다면 무당파는 다시 일어날 것이다.

"이러면 나도 최악의 상황에 슬슬 대비를 해야 할 것 같은데."

스윽. 스으윽.

석명일이 보내 준 서찰을 한쪽에 내려놓으며 석진호가 백지에 글을 쓰기 시작했다.

현재 승천무관의 전력과 지원을 받을 수 있는 곳들을 적어내려가기 시작했다.

"하지만 중요한 건 역시 우두머리지."

현재의 역천마궁은 궁주의 압도적인 무력 덕분에 빠르게 세력을 키워 나갈 수 있었다.

거기다 쌍존을 쓰러뜨렸으니 간을 보던 정사중간의 방파들과 무문들이 앞다투어 몰려들 게 뻔했다.

더욱이 역천마궁이 부르짖는 게 기득권을 끌어내리자는 것이었으니.

"숫자는 의미가 없어. 소림사가 무너진다고 해서 정도무림인들이 사라지는 건 아니니까."

과거 마도천하, 사도천하이던 시절에도 정도 무문들의 맥은 이어졌다.

아주 먼 과거, 상고무림 시절에는 악착같이 서로를 멸문시키기도 했지만 결국 그 맥은 끊어지지 않았다.

적당히 세상에 타협하는 이들도 있었고 말이다.

그런 점에서 정도무림이 무너지는 건 자연의 이치이기도 했다.

달이 차면 다시 비듯이, 겨울이 가고 봄이 오듯이 이건 당연한 일이었다.

다만 사람이기에 순순히 수긍하려 하지 않는 것일 뿐.

이상하게 사람은 자연에 거역하려는 심리를 가지고 있었다.

"한 번은, 마주치겠지?"

까마득한 세월을 곰곰이 곱씹던 석진호가 의미심장한 미

소를 머금었다.

상황이 이렇게 된 이상 역천마궁주와 만날 것만 같은 느낌이 들어서였다.

물론 정도무림이 위기에 처하면 신기하게도 은거 고수가 나타나 도움을 주기도 하지만 그건 말 그대로 가능성일 뿐이었다.

지금 역천마궁주의 힘이라면 전대 천하십대고수들이 달려들어도 쉽게 죽지는 않을 터였다.

"음?"

천천히 생각을 정리하던 석진호가 문득 깜짝 놀란 표정을 지었다.

생각지도 못한 고수의 등장에 놀란 것이었다.

심지어 자신의 기세를 숨기지도 않는 모습에 석진호는 실소가 절로 나왔다.

똑똑똑.

"저기, 진호야? 난데."

그때 문 너머로 난감한 기색이 역력한 북궁혁의 목소리가 들려왔다.

아마 그도 따로 들은 말이 없었던 듯했다.

"궁주님이시지?"

"역시 너도 느꼈구나."

"나가자. 친구의 부모님이 오셨는데 앉아서 기다릴 수는

무인환생

없지."

"······미안하다."

북궁혁이 진심으로 사과했다.

이런 난데없는 방문과 번잡한 것을 석진호가 싫어한다는 걸 너무나 잘 알아서였다.

그것도 다른 이도 아닌 북해빙궁의 주인이 직접 찾아왔기에 북궁혁은 석진호의 눈을 쳐다볼 수가 없었다.

"여기까지 온 이유가 있겠지."

"아무래도 한노가 보낸 서신에 문제가 있는 거 같아."

"일단 가자. 만나 보면 자세히 알겠지."

"미안하다."

평소와는 전혀 다른 북궁혁의 모습에 석진호가 괜찮다는 듯이 웃으며 어깨를 두드렸다.

놀라기는 했지만 그렇다고 화가 나지는 않았다.

적으로 찾아온 게 아니었기에 석진호는 괜찮다는 얼굴로 북궁혁을 다독이며 집무실을 나섰다.

"호오."

수신 호위 단둘만 데리고서 승천무관을 찾은 북궁벽이 흥미로운 표정을 지었다.

묘한 점이 그의 시선을 끌었던 것이다.

"한 호법을 부르겠습니다."

"그럴 필요 없다. 이곳의 주인이 직접 나오고 있으니."

갑자기 찾아온 셋을 향해 무공 교두들과 관도들이 어리둥 절한 표정으로 쳐다보고 있을 때 본관으로 보이는 건물 안에 서 두 사람이 모습을 드러냈다.

바로 석진호와 북궁혁이었다.

그런데 석진호를 본 북궁벽의 두 눈이 화등잔만 하게 커졌다.

─궁주님.

한노 역시 그의 기운을 느낀 듯 황급히 건물 밖으로 모습을 드러냈다.

하지만 북궁벽은 한노의 전음이 들리지 않았다.

"허!"

대신 믿을 수 없다는 눈빛으로 석진호를 쳐다봤다.

한노가 어떤 성격인지 너무나 잘 알기에 그는 서찰에 적힌 내용을 그대로 믿었다.

그래서 이렇게 직접 중원에 내려온 것이기도 하고.

"아버지!"

경악한 그를 깨우듯 북궁혁이 소리쳤다.

그러자 멍했던 두 눈에 초점이 잡히기 시작하며 아들을 쳐 다봤다.

"오랜만이로구나."

"여기까진 어쩐 일로 오신 겁니까?"

"생각했던 것보다 많은 걸 얻었구나."

당혹스러움을 감추지 못하는 아들을 보며 북궁벽이 살짝 놀란 표정을 지었다.

그가 예상했던 것보다 더욱 많은 진전을 이룬 것 같아서였다.

하지만 그 말에 북궁혁은 기뻐하기는커녕 눈썹을 있는 대로 찡그렸다.

자기 할 말만 하는 건 여전한 것 같아서였다.

"처음 뵙겠습니다. 석진호입니다."

"말도 없이 찾아와서 미안하네. 암만 생각해 봐도 연락하는 것보다 내가 움직이는 게 빠를 것 같아서 말이지. 그래서 실례를 범했네. 기분 나빴다면 미안하네."

"놀라긴 했지만 기분이 상하진 않았습니다. 일단 들어오시죠."

"고맙네."

북궁혁과 닮았지만 더욱 선이 굵은, 부친이라기보다는 삼촌에 가까운 외양을 가진 북궁벽이 시원스럽게 웃으며 고개를 끄덕였다.

그러고는 석진호를 따라 건물 안으로 들어갔다.

또르륵.

접객실에 도착한 북궁벽은 다시 한번 석진호를 찬찬히 살펴봤다.

하지만 여전히 놀라움을 금할 수 없었다.

그 정도로 석진호의 경지는 말이 안 되는 수준이었다.

'이것 참. 이걸 믿어야 할지 말아야 할지.'

북궁벽이 속으로 헛웃음을 흘렸다.

그러나 생각과 달리 그는 고민하지 않았다.

본능은 절대 거짓말을 하지 않았고, 그의 안목은 북해에서 최고였다.

그런 만큼 지금 그가 보고 느낀 게 사실임을 확신했다.

"드시죠."

"고맙네."

김이 은은하게 올라오는 찻잔을 잡으며 북궁벽이 히죽 웃었다.

하지만 그와 석진호 사이에 앉은 북궁혁은 좌불안석인 표정이었다.

어째서 부친이 여기에 와 있는지 이해가 가지 않아서였다.

그래서 그는 매서운 눈으로 북궁벽의 뒤에 시립하듯 서 있는 수신 호위들을 노려봤다.

"너무 그렇게 노려보지 마. 둘은 내가 와서 따라온 것뿐이니까."

"말리는 사람은 없었습니까?"

"너도 그냥 왔잖아? 나도 마찬가지야."

"끄응!"

무인환생

너무나 당연하다는 듯이 대꾸하는 부친의 모습에 북궁혁이 앓는 소리를 냈다.

그러나 더 이상 따지지는 못했다.

"여기까지 오셔도 되는 겁니까? 현재 중원무림은 상당히 혼란스러운 상황인데."

"꼭 그렇지만도 않은 것 같은데?"

북궁벽이 장난스럽게 말했다.

다른 성은 전란 못지않게 소란스러웠지만 하북성은 달랐다.

그리고 그 이유를 그는 잘 알았다.

"하긴. 신분이 드러나지만 않는다면 문제가 될 일은 없죠."

"몰래 왔으니 걱정하지 않아도 되네. 머리카락 색이 조금 특이하기는 하지만 두건으로 적당히 가리면 되는 일이라. 수신 호위들은 피풍의로 가렸고. 아마 이상하게 생각하기는 해도 북해에서 왔다고는 생각하지 않을 것이네."

북궁벽이 자신만만하게 웃으며 두 팔을 활짝 펼쳤다.

의복도 중원 양식의 옷을 입었음을 보여 주는 것이었다.

또한 피풍의에 가려 있었으나 두 명의 수신 호위 역시 같은 복장이었다.

"여기까지 오신 이유에 대해서는 아직 말씀 안 하셨습니다만."

"마치 네가 석 관주의 대변인이라도 되는 것처럼 말하는구나."

"미안해서 그럽니다, 미안해서."

"내가 못 올 곳에 온 것도 아니잖아? 어떻게 보면 아들 친구 집 아냐?"

북궁혁이 어처구니없다는 표정을 지었다.

너무나 뻔뻔하게 말하는 부친의 모습을 보니 말문이 막혔던 것이다.

"틀린 말은 아니지요."

"거봐."

"다만 다음에 또 찾아오실 일이 있다면 그때는 미리 연통을 넣어 주셨으면 좋겠습니다."

"약속하지."

북궁벽이 순순히 고개를 끄덕였다.

아까도 사과했듯이 그는 경우가 없는 사람은 아니었다.

다만 말했던 대로 전서웅보다 그가 빠르기에 이렇게 된 것뿐이었다.

"무슨 일로 찾아오신 겁니까?"

"알고 있겠지만 한노는 북해에서도 손꼽히는 고수이네. 그래서 아들의 호위로 보낸 것이기도 하고."

석진호는 조용히 고개를 끄덕거렸다.

굳이 북궁벽의 부연 설명이 없더라도 그 역시 알고 있었다.

거신마군과 대등한 수준의 무인이 한노였기에 고민하지

무인환생

않고 하북팽가에 갈 수 있었으니까.

"그런 한노가 자네에 대해서 극찬하더군. 자네는 모르겠지만 한노의 평가는 상당히 박하거든. 근데 그런 한노가 가늠할 수 없는 수준이라고 말하니 너무나 궁금하더라고. 사실 믿기지 않기도 했고. 자네의 나이를 생각하면 사실 말도 안 되는 경지이지 않나."

"세상에는 형언할 수 없는 것들이 상당히 많습니다. 별의별 일들이 일어나고요."

"맞아. 나 역시 겪어 본 바이니까. 하지만 그럼에도 납득하기가 쉽지 않은 것도 사실이지."

북궁벽이 의미심장한 표정을 지으며 찻잔을 들었다.

그러면서 그는 속으로 생각했다.

만약 석진호와 싸운다면 승산이 얼마나 될까 하고.

'잘해야 반반인가.'

직접 붙어 보기 전에는 확신할 수 없었다.

그 정도로 석진호의 무경은 대단했다.

북해의 지배자라 불리는 그조차도 승리를 장담하기 힘들 정도로 말이다.

동시에 호승심이 들끓었지만 참았다.

'체면이 있지.'

마음은 당장 한번 붙어 보고 싶었지만 지금은 아니었다.

이제 막 인사한 관계인 데다가 막무가내로 방문한 것이었기에 북궁벽은 참았다.

시간은 많았고, 기회 역시 올 터였다.

"그 정도는 아닙니다."

"과례는 비례라는 말이 떠오르는군. 겸손도 적당히 해야
하는 법일세."

"얼마나 머무르실 계획입니까?"

묘하게 웃는 석진호 대신 북궁혁이 물었다.

강호 정세가 심상치 않은 만큼 부친이 오래 머물러서 좋을
게 없었다.

그래서 북궁혁은 에둘러 표현했다.

"오자마자 가라는 거냐?"

"중원무림이 심상치 않으니까요."

"안다. 설마 그것도 모르고 왔을까. 얼마 전 무당파가 밀렸
다는 것도 알고 있다. 그래서 말인데, 가만히 있을 건가?"

"소림사에 가 보고 싶으신 겁니까?"

"재미있을 것 같지 않나?"

북궁벽의 입가에 장난기 어린 미소가 맺혔다.

정말로 기대된다는 듯이 말이다.

"일이 커질 수도 있습니다."

"들키면 그리되겠지, 들키면. 근데 안 들키면 되지 않나?
들켜도 죽이면 되는 것이고. 보아하니 역천마궁이 득세하는
건 딱 열세 명 때문인 거 같은데. 아닌가?"

"저도 같은 생각입니다."

"금적금왕이라는 말처럼 우두머리를 잡으면 역천마궁은 무너질 걸세. 세력이 어마어마하게 커졌지만 사실 오합지졸에, 결속력도 그리 강하지 않지. 그럼에도 정도무림이 이렇게나 밀린 건 딱 한 가지 이유에서야."

북궁벽이 씨익 웃으며 손가락 하나를 펼쳐 보였다.

그가 보기에 현재 정도무림의 문제점은 딱 하나로 설명할 수 있었다.

"역천마궁주를 상대할 무인이 없어서이지. 하나 더 덧붙이자면 자존심 때문이기도 하고. 만약 무당검존이 패배했을 때 소림권존이 천하십대고수들과 협공을 했다면 결과는 달라졌을 것이네."

"그렇긴 하지요."

이 부분에 대해서는 석진호도 동의했다.

정도무림인들의 쓸데없는 자존심에 대해서는 그 역시 익히 알고 있어서였다.

곧 죽어도 체면과 위신을 따지는 게 정도무림인이었다.

때로는 실리를 따질 때도 있어야 하지만 이런 쪽에는 상당히 고지식했다.

"그렇다면 아직 승산이 있지 않겠습니까. 무당검존이 죽고 소림권존이 중상을 입었다고 하나 아직 여덟 명의 천하십대고수는 건재하니까요."

"글쎄다. 그건 장담할 수 없는 부분이라. 두 명이 힘을 합친다고 해서 꼭 전력이 두 배가 되는 건 아니니까. 다만 장소가 소림사이니만큼 변수가 있기는 있겠지만 상대가 흡정마공을 극성으로 익힌 무인이라."

아들을 보며 북궁벽이 턱을 쓰다듬었다.

흡정마공을 익힌 마인에 대해서는 북해빙궁에도 자료가 남아 있기에 그 역시 어느 정도는 알고 있었다.

그렇기에 그는 회의적인 표정을 지었다.

쌍존이 처음부터 협공을 했다면 모를까 그게 아니라면 힘들지 싶었다.

'먹음직스러운 먹이만 계속 주는 꼴이 될 수도 있으니.'

역천마궁주를 잡으려면 숫자는 의미가 없었다.

진짜 강한 자가 홀로 때려잡거나 아니면 역천마궁주와 엇비슷한 경지의 무인들이 모여 협공하는 수밖에 없었다.

이 중에서도 가장 좋은 방법은 전자였다.

아예 흡수할 상대 자체가 없는 상태에서 싸우는 게 가장 좋았다.

숫자가 많다면 공력을 소모하더라도 잡아먹어서 보충하는 게 흡정마인은 가능했다.

그렇기에 숫자는 최대한 적을수록 좋았다.

'다만 의문은 이걸 소림사나 무당파가 모를 리 없다는 점인데.'

武人還生
무인환생

그가 알고 있는 사실들을 구대문파와 오대세가가 모를 리 없었다.

그래서 북궁벽은 의문이 들었다.

'아니면 상황을 그리 만들었거나. 뭐, 방법은 많으니까.'

무당검존을 잡아먹었다면 역천마궁주는 절망의 벽을 넘었을 가능성이 높았다.

물론 순수한 깨달음이 아니라 억지로 넘은 것이겠지만, 중요한 건 벽을 넘었다는 사실이었다.

하지만 그럼에도 북궁벽은 두렵지 않았다.

'초월경의 고수를 상대하는 건 흔치 않은 경험이지.'

북궁벽의 입가에 진한 미소가 맺혔다.

북해의 지배자인 그는 고독했다.

너무 강하기에 상대가 없었다.

그래서 그는 두렵다기보다는 흥분이 되었다.

"흡정마공을 극성으로 익히면 어느 정도 수준입니까?"

"초월경. 반쪽짜리긴 하나 초월경인 건 분명하지. 그러니 무당검존을 잡아먹은 것이겠지만."

"반쪽짜리라."

"그렇다고 무시하면 안 돼. 반쪽짜리긴 하나 막대한 공력으로 때려 박으면 그 자체로도 무시무시한 공격이 되니까. 파괴력 하나만은 확실하지. 게다가 일단 흡정마인은 주변에 잡아먹을 무인이 있으면 지치지 않으니까. 사실 그게 가장 큰 강점이긴 하지."

북궁혁이 입을 쩍 벌렸다.

들어 보니 거의 무적에 가까운 것 같아서였다.

특히 지금과 같은 전쟁에서는 그야말로 불사신이나 마찬가지라는 말에 북궁혁은 어째서 정도무림이 속절없이 밀렸는지 확실하게 이해가 되었다.

"하지만 강점만큼이나 치명적인 결함이 있지. 혹시 아나?"

"예. 언제 터질지 모르는 상태지요. 흡수한 정혈이 많을수록 걸어 다니는 화탄이나 마찬가지니."

"호오, 그걸 알다니."

"우연히 알게 되었습니다."

북궁벽이 의외라는 눈으로 석진호를 쳐다봤다.

말하는 모습을 보니 흡정마인에 대해 상당히 많이 알고 있는 듯해서였다.

"그럼 여기도 안전하지 않다는 걸 알 텐데? 소림권존을 비롯해서 천하십대고수를 전부 다 잡아먹으면 역천마궁주가 어디로 갈까?"

"흠."

석진호의 눈빛이 무거워졌다.

안 그래도 그 역시 그 부분을 생각하고 있던 참이었다.

정도무림이 승리하면 좋겠지만 현재 정황을 보면 역천마궁이 유리했다.

무인환생

그렇기에 역천마궁이 승리할 경우도 생각해 두어야 했다.

"일단 가볍게 구경을 간다는 생각으로 가는 것도 나쁘지 않다고 생각하는데. 만약 역천마궁이 이긴다면 소림사에서 싸우는 것도 나쁘지 않고. 여기가 전장이 되는 것보다는 훨씬 낫지 않은가. 그리고 자네가 함께 가 준다면 한 호법과 덕, 결을 남겨 두고 갈 생각이네. 이 정도면 승천무관의 안전은 걱정하지 않아도 될 것 같은데."

"궁주님!"

"그럴 수 없습니다!"

북궁벽의 뒤에 조용히 시립해 있던 두 사람이 깜짝 놀란 표정을 지었다.

시종일관 무표정했던 게 거짓일 정도로 둘은 격렬하게 반응했다.

하지만 북궁벽이 손을 들어 올리자 이내 조용했다.

"석 관주와 혁이 함께 가면 너희 둘은 있으나 마나다. 그럴 바에는 여기 남아 있는 게 낫지."

"하오나……!"

"거기까지."

흠칫!

차가운 북궁벽의 한마디에 두 사람은 입을 다물었다.

더 이상은 허락하지 않겠다는 의지가 서린 목소리에 둘은 흔들리는 눈빛으로 북궁벽을 쳐다봤다.

"싸울 생각까지 하고 오셨군요."

"당연히. 나는 무인이니까. 물론 나의 등장을 원치 않는 이들이 분명 있겠지. 하지만 패색이 짙은 상황에서도 그럴 수 있을까? 반대로 걱정과 달리 기적과 같은 역전이 일어날 수도 있고. 그럼 조용히 구경만 하다가 오면 되는 일이니까."

북궁혁의 동공이 흔들렸다.

말은 안 했지만 그 역시 구경하고 싶은 마음은 있었다.

더구나 모용천이 있는 만큼 위급한 상황이 닥친다면 도와주는 것도 가능했다.

그래서 북궁혁은 흔들리는 눈으로 석진호를 쳐다봤다.

"혼자라도 가실 생각이군요."

"나는 다른 이들의 시선은 신경 쓰지 않는 편이라. 그럴 만한 자격도 있고."

북궁벽이 자신만만하게 웃었다.

강자 특유의 미소였다.

그런 북궁벽을 보며 석진호는 고심했다.

'확실히 나쁘지 않은 제안이야. 생각지도 못한 기회이기도 하고.'

현재 하북성은 거의 정리가 된 상태였다.

석가장, 하북팽가, 석풍표국의 주도하에 역천마궁에 합류한 이들을 싹 다 쓸어 버렸다.

거기다 한노와 두 명의 호위 무사들이 남아 준다면 소하정

무인환생

은 크게 걱정하지 않아도 된다.

물론 북해빙궁이 배반할 가능성이 없는 건 아니지만 그럴
가능성은 희박했다.

'그럴 만한 이유가 없지.'

따지면 따질수록 석진호에게는 나쁘지 않은 제안이었다.

게다가 승천무관의 평화를 생각한다면 위협을 아예 지워
버리는 게 가장 좋았다.

북궁벽의 말마따나 소림사에서 정도무림이 승리한다면 더
할 나위 없었고.

게다가 소림사에 가면 모용천을 만날 수도 있었다.

"고민은 끝났나?"

"가시죠."

"잘 생각했네."

기다렸던 대답에 북궁벽의 미소가 더욱 짙어졌다.

그리고 북궁혁도 눈을 빛냈다.

셋이서 함께한다면 두려울 게 없었다.

"네 명을 더 추가할까 합니다."

"난 상관없네. 어차피 주 전력은 나와 자네 아닌가?"

"그럼 그리 알고 준비하겠습니다. 출발은 준비가 끝나는
대로 바로 하죠."

"화끈하군."

북궁벽이 마음에 든다는 표정을 지었다.

결정을 내리기 무섭게 밀어붙이는 추진력이 아주 마음에 들었던 것이다.

　　다만 덕과 결이라 불린 두 명의 호위 무사들만 죽상을 짓고 있었다.

　　"우선 쉬고 계시죠. 준비가 되는 대로 찾아뵙겠습니다."

　　"그러지."

　　"나도 도와줄까?"

　　"괜찮으니까 궁주님과 함께 있어."

　　북궁벽만큼이나 들뜬 기색으로 북궁혁이 말했으나 석진호는 고개를 저었다.

　　준비라고 해 봤자 같이 갈 인원들에게 의향을 묻는 게 전부였다.

　　돈도 많으니 필요한 건 가는 와중에 구입할 생각이었다.

무인환생

제61장 소림대전(少林大戰)

무당산에서의 패전 이후 뿔뿔이 흩어져 후퇴했던 무인들은 소림사가 자리 잡은 하남성의 숭산으로 모여들었다.

하지만 모이는 인물들의 표정은 하나같이 똑같았다.

자신했던 전투에서 패배하자 다들 얼굴에 시름과 근심이 가득했던 것이다.

몇몇은 벌써부터 마도천하를 입에 담고 있었다.

"으음!"

그렇게 된 이유 중 하나인 소림권존이 여전히 정신을 차리지 못하고 있다는 말에, 소림사의 방장을 맡고 있는 범율은 연신 침음을 흘렸다.

무당검존은 죽었고 이제 정도무림의 남은 최고수는 사형

인 권존이다.

그런데 사형이 사경을 헤매고 있자 그는 가슴이 답답했다.

"아직 여덟 분이 남아 계시기는 하지만……."

심각한 얼굴의 범율이 말끝을 흐렸다.

쌍존이 패배했다고 하나 중원무림을 대표하는 절대 고수들인 천하십대고수 중 여덟이 아직 남아 있었다.

크고 작은 부상을 입은 상태였으나 전투를 치르지 못할 정도는 아니었다.

다만 문제는 역천마궁주였다.

여덟 명이 합공을 한다고 해도 범율은 역천마궁주를 죽일 수 있을 거라는 확신이 들지 않았다.

"구파일방과 오대세가의 수장들이 전부 다 달려들면, 가능할까?"

사천성을 공략하던 십이사도 중 셋이 역천마궁주에게로 돌아갔다.

덕분에 사천당가와 청성파, 아미파가 숭산에 합류하기 위해 오고 있는 중이지만 그의 목소리는 무거웠다.

모두가 달려든다고 해서 역천마궁주를 잡을 수 있을 것 같지 않아서였다.

게다가 문제는 그렇게 될 가능성이 희박하다는 점이었다.

거대 문파, 명문 세가의 수장들인 만큼 자존심 역시 높았기에 그가 말을 꺼내도 동조할 이들은 거의 없을 터였다.

무인환생

막말로 천하십대고수들 역시 협공은 하지 않으려 할 게 분명했다.

"후우!"

범율의 입에서 무거운 한숨이 흘러나왔다.

밀리고 밀려 이제는 정말 막다른 곳에 몰렸다.

아마 숭산에서도 패배한다면 정말 역천마궁이 부르짖는 세상이 열릴 게 자명했다.

"때로는 자존심을 숙일 필요도 있는 것인데……."

중얼거리던 범율이 이내 쓴웃음을 머금었다.

과거 무당검존이 역천마궁주에게 패배했다는 소식을 들었음에도 그는 사형이라면 다를 거라 생각했다.

사형과 함께 쌍존이라 불리는 무당검존이라고 하나, 그는 내심 사형을 우위에 두었다.

그리고 그 결과가 지금이었다.

"사돈 남 말 할 처지는 아니지, 나도."

"방장, 엄 대협을 모셔 왔습니다."

"안으로 모시거라."

"예."

끼이익.

세월이 느껴지는 마찰음과 함께 방장실의 문이 열리며 한 명의 노인이 모습을 드러냈다.

그런데 비슷한 연배로 보이는 것과 달리 범율은 자리에서 벌떡 일어나며 정중하게 그에게 반장했다.

"앉으시지요."

"흠."

깍듯한 범율의 인사에도 노인은 별다른 말 없이 조용히 자리에 앉았다.

그 모습에 범율이 마른침을 삼키며 다호를 들었다.

"잠은 편안히 주무셨는지요?"

"딱히 잠자리를 가리지는 않는지라."

"경내가 많이 시끄럽지요?"

"이해하네. 상황이 상황이니만큼."

담담한 노인의 대답에 범율의 얼굴이 어두워졌다.

안 그래도 그것 때문에 밤에 잠을 이루지 못하고 있었다.

추격을 서두르지 않는다는 건 그만큼 자신이 있다는 뜻이었기 때문이다.

그래서 그는 심각한 얼굴로 자신의 찻잔에도 차를 따랐다.

"알고 계시는 대로 상황이 상황이니만큼 염치 불고하고 말씀드리겠습니다. 도와주실 수 없으신지요?"

범율은 소림사의 방장이 된 후 어디 가서 아쉬운 소리를 한 적 없었다.

하지만 지금은 달랐다.

그 어느 때보다 절박한 상황이었기에 범율은 간절한 눈으로 앞에 앉은 노인을 쳐다봤다.

무인환생

"나에 대해서는 방장도 알고 있을 거라 생각하네만."

"……물론입니다. 하지만 현 상황에 대해서 어르신도 알고 계시지 않습니까. 만약 소림까지 무너진다면 마도천하가 펼쳐질 것입니다. 그리고 수많은 이들이 고통을 받을 것이고요."

"하나 그 또한 세상의 이치이지."

"많은 이들이 피를 흘리고 스러져 갈 겁니다."

"날 협박하는 겐가?"

노인의 눈썹이 꿈틀거렸다.

정도무림의 사정을 모르는 건 아니나 그는 무림의 일에 함부로 나설 수 없었다.

지금 이 자리에 있는 것도 우연찮게 휘말려서 그런 것이지 소림사를 도와주려고 있는 게 아니었다.

"그런 뜻이 아닙니다. 다만, 조금은 도와주실 수 있지 않으십니까. 곡(谷)과 본사의 인연을 생각해 주셔서요. 부탁드립니다."

범율이 고개를 숙였다.

다른 이도 아닌 소림사의 방장인 그가 말이다.

하지만 그의 간절한 목소리에도 노인은 꿈쩍도 하지 않았다.

"내 대답은 똑같네. 이건 나로서도 어쩔 수 없어. 본곡의 율법이 그러하니."

"……어떻게, 방법이 없겠습니까?"

범율이 바짝 마른 입술로 말했다.

알려지지 않았으나 그는 눈앞에 앉아 있는 노인의 실력에 대해서 알고 있었다.

또한 노인이 속해 있는 신비 문파의 힘에 대해서도 말이다.

세인들은 무당과 소림이 최고라고 말하지만 그건 반만 맞는 소리였다.

드러난 세상에서 무당파와 소림사에 견줄 만한 세력은 몇 없었다.

하지만 드러나지 않은 곳 중에는 소림사와 무당파보다 강한 곳도 있었다.

'비성곡(秘星谷).'

숨어 있는 별들이 모인 골짜기.

인원은 적지만 한 명 한 명이 어마어마한 실력자들이었다.

천하제일인을 논한다던 쌍존도 비성곡에 가면 중간 정도밖에 안 될 정도로 말이다.

그리고 그 비성곡의 곡주가 바로 눈앞에 앉아 있는 노인이었다.

'곡주님이 도와주신다면 전세를 뒤집을 수 있다.'

초월경에 오른 무당검존을 잡아먹은 역천마궁주였으나 비성곡주라면 충분히 제압할 수 있을 거라고 생각했다.

그 정도로 비성곡주는 강했다.

무인환생

다만 문제는 너무 강한 이들이 모여 있어서 그런지 세속의 일에 무관심하다는 점이었다.

또한 알 수 없는 율법으로 인해 얽매여 있기도 했고.

"없네."

"정녕, 정녕 힘들겠습니까?"

"방장이 그리 부탁해도 안 되는 것은 안 되는 것이네."

"곡주님만이라도 안 되겠습니까?"

범율이 마른침을 삼켰다.

이 말을 꺼내기가 정말 쉽지 않았다는 듯이 말이다.

하지만 그런 그의 표정에도 비성곡주는 시종일관 무표정했다.

"안 되네."

"으음!"

"하나 소림과의 인연이 있으니 제자 중 한 명은 책임지고 확실하게 대피시켜 주겠네."

좌절하던 범율의 눈빛에 기광이 서렸다.

아주 최악은 면한 것 같아서였다.

"두 명은, 안 되겠습니까?"

"한 명이네."

범율이 눈치를 살피며 슬그머니 한 명을 늘렸다.

그러나 비성곡주는 단호했다.

여지를 주지 않겠다는 듯이 확고하게 말했다.

"제가 주제넘었습니다. 죄송합니다. 저도 모르게 그만. 곡주님께서 한 명을 챙겨 주시는 것만으로도 감지덕지인데……."

다다다!

그때 방장실 밖에서 다급한 뜀박질 소리가 들렸다.

웬만해서는 경내에서 뛰는 이가 없는데 무슨 일이 생긴 건지 누군가가 달려오자 범율은 물론이고 비성곡주의 시선도 문으로 향했다.

"바, 방장! 적입니다! 역천마궁이 왔습니다!"

"먼저 일어나 보겠습니다."

제자의 말에 범율은 올 게 왔다는 표정으로 자리에서 일어났다.

그러고는 비성곡주를 향해 꾸벅 고개를 숙인 후 황급히 방장실을 나섰다.

이윽고 소림사 경내가 시끄러워졌다.

"역천마궁이라."

사방에서 울리는 경종 소리와 사람들이 내지르는 고함에도 비성곡주는 다른 세계에 있는 양 차분한 신색으로 차를 들이켰다.

하지만 그의 기감은 빠르게 사방으로 흩어지는 중이었다.

콰아앙! 꽈앙!

"아악!"

武人還生
무인환생

"사, 살려 줘!"

"죽엇!"

"한 놈이라도 더 데리고 가리라!"

소림사는 난장판이 되어 있었다.

평소의 고적함과는 달리 사방에서 비명과 피가 난무했다.

그간의 승리에 도취된 듯 역천마궁은 따로 전술을 펼치지 않았다.

그저 단순 무식하게 숫자로 들이밀었다.

한데 그게 먹혔다.

단순히 힘으로 밀어붙이는데 정도무림은 속수무책으로 밀렸다.

"같이 죽자!"

"혼자 죽을 성싶으냐!"

물론 소림사에 모인 무인들도 순순히 당하고만 있지는 않았다.

역천마궁에 폭사공이 있다면 자신들에게는 화탄이 있다는 듯이 어디서 진천뢰를 가져와 던지거나 함께 몸을 날렸다.

처음 역천마궁의 수법처럼 동귀어진을 펼쳤던 것이다.

"크헝헝헝!"

거기에 잠력을 폭발시킨 이도 상당히 많았다.

후유증이 심각했지만 그럼에도 복수하겠다는 이들이 많았던 것이다.

그리고 그게 바로 은원의 고리이기도 했다.

"처참하네요."

"이게 전쟁……."

광기와 살의가 무시무시하게 휘몰아치는 전장의 풍경에, 노립(蘆笠)을 쓰고 있던 호리호리한 체격의 인영이 중얼거렸다.

말로만 듣던 것과는 확실히 다른 느낌이 들어서였다.

특히 살기가 어마어마했다.

거리가 상당했음에도 살갗이 따끔거릴 정도로 살기가 농밀했다.

"이게 바로 전장의 기운이지."

"하북팽가 때하고는 비교가 안 되는데."

방금 전 입을 열었던 둘과 달리 남자로 보이는 탄탄한 체격의 두 명도 감상을 말했다.

그런데 느낌은 완전히 달랐다.

먼저 말한 이가 신난 기색이라면 나중에 말한 이는 사뭇 놀란 듯한 느낌이었다.

"아무래도 규모 자체가 다르니까. 모인 인원이 얼마인데."

"하긴. 근데 천이는 아직 안 보이네."

"소림사 경내가 넓어서 쉽게 찾기 힘들 거야. 체력과 공력을 안배하느라 힘을 크게 드러내지도 않고 있을 테고."

중앙에 서 있던 석진호가 노립을 살짝 들어 올리며 말했다.

무인환생

그런 그의 시선은 북적북적한 다른 곳과 달리 휑한 곳을
향해 있었다.

정확하게는, 역천마궁주로 보이는 이와 검왕이 싸우는 곳
을 말이다.

"저게 제왕검형인가 보군. 처음 보는데 딱 보니 알겠어."

"검왕일 겁니다. 확실히 강하네요."

"근데 부족해. 갓 초월경에 발을 댄 실력으로는 역부족이
야."

"커헉!"

북궁벽의 말이 끝나기 무섭게 남궁세가주가 피를 토하며
처참하게 날아가 바닥을 나뒹굴었다.

하지만 그럼에도 남궁세가주는 반격했다.

괜히 검왕이 아니라는 듯이 어검술을 펼쳤던 것이다.

그러나 혼신의 힘을 다한 어검술은 역천마궁주의 호신강
기를 꿰뚫지 못했다.

"크하하하!"

그 모습에 역천마궁주가 앙천광소를 터트렸다.

거기다 산발한 머리카락이 기이하게 일렁거리니 마치 악
마처럼 보였다.

"결국 저 꼴이 났군. 진즉에 여덟 명이서 협공을 했어야 그
나마 승산이 있었는데."

"협공을 할 수 있는 상황이 아닌 것 같습니다, 아버지."

"응?"

팔짱을 낀 채로 혀를 끌끌 차던 북궁벽이 아들의 말에 고개를 돌렸다.

그러자 새로이 합류한 두 명과 함께 십이사도들이 천하십대고수 중 나머지 일곱 명과 소림사 방장, 곤륜파, 청성파, 아미파, 종남파의 장문인들과 싸우는 게 눈에 들어왔다.

하지만 중원에서 손꼽히는 고수들임에도 십이사도와의 대결에서 확실한 우위를 점하지 못했다.

"이러면 정도무림이 제대로 힘을 못 쓰겠는데?"

"소림권존의 모습도 안 보이는 걸 보면 아직도 정신을 차리지 못한 모양입니다."

"가장 큰 문제는 저기지. 검왕이 역천마궁주를 제대로 감당하지 못하고 있으니까. 다른 이들이 십이사도들을 처치하고 도와줘야 하는데, 실패했어."

북궁벽이 고개를 저었다.

암만 봐도 쉽사리 승부가 날 것 같지 않아서였다.

그리고 그건 북궁혁도 같은 생각이었다.

"어어!"

"아버지!"

그때 함께 왔던 당하린과 당아린이 비명을 질렀다.

십이사도 중 한 명을 상대하던 당군성의 신형이 위태롭게 흔들려서였다.

武人還生
무인환생

하지만 그러면서도 당군성은 끝끝내 버텨 내며 반격했다.

명왕이라 불리기 시작한 후 저렇게 수세에 몰린 적이 드물 텐데도 당군성은 당황하지 않고 끝까지 버텨 내며 싸움을 이어 갔다.

"지금 중요한 곳은 저기가 아니야. 역천마궁주가 날뛰기 시작하면 지금의 전선은 파도에 휩쓸린 모래성처럼 무너질 거다."

"금적금왕이란 말이 떠오르네요."

"이 몸이 나설 차례라는 거지."

북궁벽이 히죽 웃었다.

호승심이 가득한 미소에 북궁혁 역시 비슷한 미소를 지었다.

어째서 아버지가 저러는지 그는 너무나 잘 알아서였다.

"안 되겠다 싶으면 뒤로 물러나세요."

"아비가 이길 거라고는 생각 안 하는 거냐?"

"일대일이라면 당연히 아버지께서 이기시겠지만, 변수가 많잖습니까."

"하긴. 그래서 나도 무리는 안 할 생각이다. 내 뒤에는 석관주가 있으니까."

북궁벽이 그리 말하며 석진호를 쳐다봤다.

하지만 석진호는 별다른 말 없이 어깨를 으쓱거리기만 했다.

"난 천이를 찾아보마."

"저희는 가문으로 가 볼게요."

"조심하고."

"위험하다 싶으면 이곳으로 달려오마."

북궁혁과 당하린, 당아린 자매와 한 번씩 눈을 맞추며 석진호가 고개를 끄덕였다.

그 모습에 세 사람 다 똑같은 미소를 지었다.

"저희도 있습니다!"

"지키는 건 자신 있습니다."

아우우우!

정마룡, 탁윤의 말에 삼랑이들이 낮게 울부짖었다.

그러자 자식들인 묵랑이와 빙랑이도 따라 울었다.

"먼저 가마!"

더 이상은 끓는 피를 참기 힘든지 북궁벽이 뒤도 돌아보지 않고 몸을 날렸다.

그에 북궁혁과 당하린, 당아린 자매도 땅을 박찼다.

석진호는 그 모습을 묵묵히 지켜봤다.

"괜찮으시겠죠?"

"누가?"

"아, 아가씨들요."

"둘은 걱정 안 되나 봐?"

"에이, 두 분은 제가 걱정할 분들이 아니죠."

무인환생

정마룡이 머쓱하게 웃으며 손사래를 쳤다.

당대 북해빙궁주와 소궁주가 북궁벽과 북궁혁이었다.

그런 두 사람을 자신이 걱정한다는 건 어불성설이었다.

"쌍둥이 자매도 네가 걱정할 수준은 아냐. 독공이 왜 무서운지 잊은 거야? 중독이 안 되어 봐서 그런가?"

"어, 가끔씩 경험해 보기는 했습니다. 당아린 아가씨가 마비독이나 산공독 같은 건 한 번씩 겪어 봐야 나중에 대응을 빨리할 수 있다고 저하고 윤이, 소강이에게 경험시켜 주었습니다."

"그래?"

"예. 그중에 특히 산공독이 가장 기분 나빴습니다. 군자산, 신선폐 다 겪어 봤는데 그렇게 더러운 기분은 처음이었어요."

떠올리는 것만으로도 끔찍하다는 듯이 정마룡이 진저리를 쳤다.

그런데 그 옆에 있던 탁윤도 똑같은 표정이었다.

"잘됐네. 그런 건 미리 겪어 봐서 나쁠 건 없으니까."

"어? 저기 나연 아가씨와 태랑이가 있습니다!"

몸서리를 치던 정마룡이 손가락으로 어느 한곳을 가리켰다.

우연찮게 팽나연을 발견했던 것이다.

"위험하다 싶으면 제가 달려가겠습니다."

"저도 가겠습니다. 혼자보다는 둘이 낫지 않겠습니까?"

컹컹!

삼랑이와 묵랑이가 자신들도 잊지 말아 달라는 듯이 짖었다.

덩치는 산만 해 가지고 마치 개처럼 말이다.

그 모습에 정마룡이 씨익 웃으며 청랑이, 황랑이, 갈랑이의 머리를 순서대로 쓰다듬어 주었다.

"하고 싶은 대로 해. 대신 다치지는 말고."

"명심하겠습니다!"

"예!"

둘의 대답을 들으며 석진호가 고개를 돌렸다.

어느새 북궁벽은 역천마궁주의 지근거리까지 날아가 있었다.

"쿨럭!"

한쪽 무릎을 꿇은 남궁후가 검게 죽은 피를 한 사발 토해 냈다.

심각한 내상이라는 걸 알려 주듯 시커먼 피의 색깔에 남궁후는 얼굴을 있는 대로 찡그렸다.

하지만 지금은 내상을 신경 쓸 새가 없었다.

죽느냐, 죽지 않느냐의 기로에 있었기에 남궁후는 이를 악물고서 몸을 일으켰다.

"더 싸우려고? 그냥 포기하는 게 편할 것 같은데."

"순순히 네게 잡아먹힐 것 같으냐?"

"심맥을 터트려도 상관없다. 네가 죽기 직전에 정혈을 흡수하면 되니까. 물론 효율은 살아 있을 때보다 안 좋겠지만, 그래도 검왕이면 남아 있는 선천진기나 공력이 적지 않겠지."

"다 이긴 것처럼 말하지 마라. 아직 승부는 안 끝났다."

웅웅웅!

애검이 역천마궁주의 발아래 깔려 있었으나 그렇다고 싸울 수 없는 건 아니었다.

검은 없으나 대신 팔이 있었다.

그렇기에 남궁후는 남아 있는 진기를 모조리 끌어 올려 오른팔에 검강을 일으켰다.

"내가 보기에는 다 끝난 것 같은데. 그냥 순순히 포기하는 게 어때? 그럼 고통 없이 보내 주지."

"닥쳐라!"

비틀린 입매로 지껄이는 역천마궁주를 향해 남궁후가 달려들었다.

혼신의 힘을 다해 남궁세가 최강의 절학이자 평생 동안 수련한 제왕검형의 비기를 펼쳤다.

하지만 그 전심전력을 다한 일 검은 역천마궁주의 몸에 닿지 못했다.

몸을 감싸고 있는 호신강기에 너무나 허무하게 막혔던 것이다.

터어엉!

찬란하다 못해 섬뜩하게 빛나던 푸른빛 검강이 허망하게 튕겨 나가는 광경에 남궁후가 이를 악물었다.

그러면서 재차 오른팔을 휘둘렀으나 그보다 역천마궁주의 손이 빨랐다.

푸욱!

왼손 장심에서 뿜어져 나온 강기가 남궁후의 어깨를 꿰뚫었다.

심장을 노려 단숨에 죽일 수 있었지만 역천마궁주는 그러지 않았다.

대신 박혀 있는 강기를 이용해 남궁후의 선천진기를 빨아먹었다.

"끄으으으!"

"역시 살아 있을 때가 가장 신선하다니까. 큭큭큭!"

생선처럼 팔딱팔딱 날뛰는 남궁후의 선천진기를 느끼며 역천마궁주가 입술을 핥았다.

역시 검왕이라는 별호처럼 무당검존 못지않게 맛이 있었다.

"가, 가주님!"

그 모습에 근처에서 싸우던 남궁세가의 무인들 몇몇이 악을 쓰며 달려들었지만 안타깝게도 가까이 다가오지도 못했다.

역천마궁주를 맹신하는 궁도들 역시 근처에 있어서였다.

설사 왔다고 한들 결과는 달라지지 않았을 것이고 말이다.

"나머지도 내가 독식하고 싶긴 한데⋯⋯."

천천히 남궁후의 선천진기를 빨아먹으며 역천마궁주가 고개를 돌렸다.

그런 그의 시선은 제자들이라 할 수 있는 십이사도들을 향했다.

정확하게는 제자들이 싸우고 있는 천하십대고수들과 수장들이었다.

"이놈!"

그때 두 사람 사이로 지독한 악취가 파고들었다.

개방주가 가까스로 접근한 것이었다.

하지만 강기가 서려 있는 타구봉으로 후려쳤음에도 역천마궁주의 장강에는 생채기 하나 나지 않았다.

오히려 달려들었던 개방주가 튕겨 날아갔다.

"알아서 와 주니 너무 고마운데."

"흡!"

역천마궁주의 오른손이 활짝 펼쳐졌다.

그 순간 개방주가 극성으로 취팔선보(醉八仙步)를 펼쳤다.

취객처럼 비틀거리면서도 신기하게 그의 움직임은 빨랐다.

그러나 역천마궁주의 장강 역시 만만치 않았다.

쉬이익!

마치 채찍처럼 영활하게 궤적을 비틀며 개방주의 목을 집요하게 노렸다.

어디를 가든 무조건 따라가겠다는 듯이 말이다.

그리고 그건 사실이기도 했다.

거리가 얼마나 됐건 장강은 끊임없이 늘어났다.

'이익!'

개방주의 얼굴이 잔뜩 일그러졌다.

거리가 벌어지면 기세가 약해지는 게 정상인데 그런 기미가 전혀 보이지 않아서였다.

꽈아앙!

결국 피하는 걸 포기한 개방주가 거칠게 타구봉을 휘둘렀다.

개방주에게만 전수되는 타구봉법(打狗棒法)을 전력으로 펼쳤던 것이다.

하지만 그가 얻은 결과는 약간의 시간뿐이었다.

"큭큭큭!"

"제기랄!"

잠시 멈칫거린 후 재차 쇄도하는 강기도 강기지만 귓전으로 파고드는 오만한 웃음소리도 마음에 들지 않았다.

그렇기에 개방주는 얼굴을 있는 대로 일그러뜨리며 두 발을 정신없이 놀렸다.

쩌저적!

"호오?"

"어린애들은 그만 괴롭히고 나랑 놀지?"

그런데 그때 개방주를 끈질기게 따라붙던 강기가 산산조각 났다.

동시에 주위로 극한의 냉기가 차오르기 시작했다.

"쿨럭!"

남궁후 역시 풀려났는데, 흡수당한 선천진기가 상당한 모양인지 안색이 좋지 않았다.

머리카락도 푸석푸석했고 말이다.

그런 그를 개방주가 황급히 다가가 부축했다.

"북해빙궁주가 여기까지 내려올 줄은 몰랐는데. 지금까지 나 몰라라 했던 것 아니었나?"

"신경 쓸 이유가 없었으니까. 중원에서 일어난 전쟁이 북해와 무슨 상관이라고."

"근데 왜 끼어든 거지? 나야 호박이 알아서 굴러들어 오니 좋지만. 흐흐흐!"

역천마궁주가 탐욕 가득한 눈빛으로 입술을 핥았다.

마치 이게 웬 떡이냐라는 표정으로 말이다.

"호박이라. 어이가 없군. 너 따위 잡것에게 호박 취급을 받다니."

"다들 그딴 소리를 지껄였지. 하지만 그렇게 지껄였던 이들이 어떻게 됐을까?"

역천마궁주가 의미심장한 미소를 머금었다.

그러고는 손가락으로 자신의 단전을 가리켰다.

"전부 다 이 안에 있지. 나의 제물이, 양분이 되었지. 크하하하!"

"슬슬 징조가 보이는 거 같은데. 시도 때도 없이 말이 들려서 괴롭지?"

흠칫!

앙천광소를 터트리던 역천마궁주가 순간 움찔거렸다.

아무도 모르는 자신의 비밀을 북궁벽이 알고 있자 놀란 것이었다.

하지만 그는 이내 태연하게 표정을 가다듬었다.

"무슨 말을 지껄이는지 모르겠군."

"흡정마공을 익힌 자의 최후를 알고 있을 거라고 생각하는데."

"개소리 지껄이지 마라!"

쌔애액!

역천마궁주의 손에서 강환이 벼락같이 쏘아졌다.

그야말로 생성에서 공격까지 창졸간에 이어졌다.

하나 섬광처럼 번뜩인 강환은 북궁벽이 일으킨 호신강기에 튕겨 역천마궁도들 사이에서 폭발했다.

"알고 있군."

"닥쳐라!"

무인환생

여유로웠던 얼굴이 삽시간에 굳어졌다.

동시에 강기로 이루어진 거대한 손이 나타났다.

마치 거인의 손인 것처럼 이 장은 훌쩍 넘을 법한 거대한 손이 북궁벽을 움켜쥘 것처럼 덮쳐 왔다.

"조심하시오!"

그 모습에 남궁후를 데리고 물러나 있던 개방주가 소리쳤다.

저 거대한 손에 무당검존은 물론이고 소림권존 역시 패배했기에 경고를 한 것이었다.

하지만 그런 개방주의 말에도 북궁벽은 오히려 웃었다.

"역시 기대한 대로라니까."

"뭐?"

"너만 가능할 거라고 생각한 건 아니겠지?"

푸스스스!

북궁벽의 전신에서 가공할 냉기가 뿜어져 나왔다.

마치 북해에 온 것이 아닐까 싶을 정도로 무시무시한 냉기 폭풍이 북궁벽을 중심으로 휘몰아쳤다.

그러나 역천마궁주의 시선을 끈 건 그의 수강 못지않게 거대한 백색의 주먹이었다.

얼음으로 이루어진 듯한 반투명한 느낌의 백색 주먹은 거대한 크기만큼이나 무지막지한 기세로 역천마궁주의 수강을 후려쳤다.

꽈아아아앙!

단 한 번의 격돌이었지만 그로 인해 전장이 일순 멈췄다.

마치 지진이라도 난 것처럼 뒤흔들리는 지축도 지축이지만 태풍을 방불케 하는 후폭풍에 제대로 서 있는 이들이 없었던 것이다.

그래서인지 광기에 휩싸여 치고받던 이들이 단번에 정신을 차리고 뒤로 물러났다.

딱 일격이었지만 경천동지한 위력에 다들 몸을 추스르려는 것이었다.

"꼴에 북해빙궁주라는 거냐."

"운 좋게 흡정마공을 얻은 주제에 참으로 오만불손하구나."

"큭큭! 운도 실력이다!"

똑같이 거만한 태도로 맞받아치는 북궁벽의 모습에 역천마궁주가 키득거리며 재차 공력을 끌어 올렸다.

그런데 놀랍게도 거대한 수강이 하나 더 솟구쳤다.

특유의 무지막지한 공력으로 수강을 두 개나 만들었던 것이다.

"그리고 너 역시 나의 운에 집어삼켜질 운명이지!"

"누구나 그럴듯한 계획을 가지고 있지. 처맞기 전까지는."

한눈에 봐도 범상치 않은 듯한 수강이 두 개로 늘어났지만 북궁벽은 기가 죽기는커녕 되레 미소를 지었다.

武人還生
무인환생

바로 이런 긴박한 승부를 위해 직접 중원에 내려온 것이었다.

그런 만큼 회피는 없었다.

뻐어어엉!

이번에도 여지없이 북궁벽은 주먹을 내질렀다.

그러자 수강 하나가 박살 났다.

수강을 이루는 기운은 어마어마했지만 안타깝게도 밀도는 형편없었다.

아무래도 잡다하게 공력이 섞여 있다 보니 제대로 된 합일을 이루지 못했다.

반면에 북궁벽은 달랐다.

기운의 양은 역천마궁주보다 못할지 모르나 평생 동안 고련해서 쌓아 온 공력의 질은 훨씬 더 뛰어났다.

"흥!"

그러나 자신의 수강이 속절없이 박살 냈음에도 역천마궁주는 조금도 개의치 않았다.

무당검존이나 소림권존을 상대할 때도 겪어 봤던 일이기 때문이다.

하지만 결국 살아남은 건 그였다.

쑤아아앙!

두 번째 수강마저 북궁벽의 빙권강(氷拳罡)을 감당하지 못하고 박살 났을 때 허공에 새로운 수강이 솟구쳤다.

뒤이어 또 하나의 수강이 솟구치더니 그대로 북궁벽을 향해 뻗어 갔다.

완전히 찍어 누르겠다는 기세로 말이다.

'얼마나 버틸 수 있을까.'

역천마궁주가 비릿하게 웃었다.

그 역시 자신이 반쪽짜리 초월경에 올랐다는 사실을 잘 알고 있었다.

하지만 그 사실에도 개의치 않았다.

불완전한 초월경이라고 해서 초월경이 아닌 건 아니었다.

게다가 애초에 그는 일반적인 무공을 익히고 있지 않았다.

완전히 궤를 달리하는 흡정마공을 익히고 있었기에 북궁벽의 빙권강에 수강이 산산조각 나도 조금도 흔들리지 않았다.

쌔애액!

대신 박살 나는 족족 다시 수강을 일으켜서 공격했다.

그뿐만 아니라 강환도 한 번에 수십 개를 생성시켜서는 북궁벽을 향해 날렸다.

콰콰콰쾅!

가히 폭격이라는 말이 절로 떠오를 정도로 무시무시한 파상 공세에 북궁벽의 주위는 순식간에 초토화되었다.

강환이 폭우처럼 쏟아지니 남아나는 게 없었던 것이다.

하지만 북궁벽은 자신이 괜히 북해의 지배자가 아니라는 듯이 허공답보를 자연스럽게 펼치며 쌍권을 내질렀다.

무지막지한 역천마궁주의 공세를 피하기는커녕 오히려 맞불을 놓았던 것이다.

꽈아앙! 꽝!

그로 인해 허공에서도 폭발이 끊이지 않고 이어졌다.

더불어 일류 무사조차도 버티기 힘들 정도의 후폭풍이 쉴 새 없이 휘몰아쳤다.

괜히 전투가 일시 중단된 게 아니었다.

싸울 수가 없기에 암묵적으로 물러난 것이었다.

'역시나인가.'

한편 역천마궁주의 파상 공세를 정면으로 맞받아치던 북궁벽이 입술을 비틀었다.

예상한 대로 역천마궁주는 자신의 강점을 십분 이용하고 있었다.

방대한 공력을 이용해 계속해서 그를 찍어 누르려고 했던 것이다.

그러나 이런 상황을 충분히 예상했기에 북궁벽은 당황하지 않았다.

뻐어어엉!

대신 묵묵하게 역천마궁주와의 거리를 좁혔다.

역천마궁주에게 막대한 공력이 있다면 그에게는 지독한 냉기가 있었다.

그리고 이 냉기는 사람의 육신을 약화시킨다.

"제대로 붙어 보자고!"

호신강기를 극성으로 일으킨 채로 북궁벽이 땅을 박찼다.

그런 그의 앞에서는 거대한 빙권강이 여전히 압도적인 존재감을 내뿜으며 함께 나아갔다.

"어림없다!"

일직선으로 달려드는 북궁벽의 모습에 역천마궁주가 계속해서 수강을 내질렀다.

하지만 끊임없이 이어지는 강격에도 북궁벽의 속도는 줄지 않았다.

이윽고 북궁벽이 지척이나 다름없는 공간에 도착한 순간 역천마궁주의 신형이 흔들렸다.

온몸을 얼어붙이는 냉기에 몸이 움찔거렸던 것이다.

'호신강기를 뚫고 스며들었다고?'

역천마궁주의 두 눈에 믿을 수 없다는 기색이 떠올랐다.

무려 열 겹으로 이루어져 있는 게 그의 호신강기였다.

그리고 천하제일인을 논할 때 항상 거론되던 소림권존과 무당검존도 끝끝내 베어 내지 못한 게 지금의 호신강기였고.

한데 빙백신공의 냉기가 열 겹이나 되는 호신강기를 뚫고 들어오자 역천마궁주는 일순 불안감을 느꼈다.

"아직 놀라긴 이르지. 이제부터 시작인데."

역천마궁주가 잠시 딴생각에 빠진 틈을 타 북궁벽이 코앞까지 접근했다.

그러고는 그대로 주먹을 내리질렀다.

쩌저적!

"큭!"

역천마궁주의 두 눈에 경악이 떠올랐다.

단 일 권에 호신강기 일곱 겹이 날아가서였다.

쌍존조차도 여섯 겹이 한계였는데 단숨에 일곱 겹이 찢기자 역천마궁주가 황급히 진기를 가일층 끌어 올렸다.

하지만 북궁벽의 손이 더 빨랐다.

뻐어어엉!

연거푸 내지르는 정권에 남아 있던 세 겹의 호신강기 산산조각 났다.

그리고 다시 이어지는 우권이 역천마궁주의 안면을 강타했다.

빠아악!

시원스러운 타격음과 함께 역천마궁주의 입에서 시뻘건 피가 솟구쳤다.

광대뼈는 물론이고 이빨도 우수수 뽑히며 허공을 수놓았다.

그러나 북궁벽의 공격은 이게 다가 아니었다.

'천금 같은 기회를 놓칠 수 없지!'

북궁벽의 두 눈이 번뜩였다.

생각지도 못하게 찾아온 기회였으나 그는 이 기회를 놓칠 생각이 없었다.

끝낼 수 있을 때 확실하게 끝내는 것보다 좋은 게 없기에 북궁벽은 단전의 진기를 모조리 끌어 올렸다.

이번에 승부를 내겠다는 듯이 빙백신공을 극성으로 일으켰던 것이다.

휘이이잉!

살벌한 얼음 폭풍과 함께 북궁벽은 꼴사납게 땅바닥에 처박히는 역천마궁주를 따라가며 쌍권을 쉴 새 없이 내질렀다.

마치 가루로 만들어 버리겠다는 듯이 북궁벽은 끊임없이 강격을 쏟아부었다.

"크아아아!"

그때 북궁벽의 아래쪽에서 무시무시한 빛이 솟구쳤다.

거대한 기운이 그를 밀어냈던 것이다.

물론 순순히 물러날 수 없어 기를 쓰고 버텨 냈지만 워낙에 총량이 어마어마하다 보니 북궁벽으로서도 밀려날 수밖에 없었다.

"쳇!"

바닥에 깊은 고랑을 만들며 강제로 밀려난 북궁벽이 입맛을 다셨다.

끝낼 수 있는 기회였는데, 조금만 더 하면 될 것 같았는데 그 선을 넘지 못했기에 북궁벽은 얼굴 가득 아쉬운 표정을 지었다.

하지만 이 시간을 허비하지는 않았다.

심호흡을 하며 그는 거의 바닥나다시피 한 공력을 빠르게 보충했다.

저벅저벅.

둘의 격전을 증명하듯 쑥대밭이 된 곳에서 역천마궁주가 걸어 나왔다.

그런데 그 꼴이 말이 아니었다.

얼굴의 한쪽은 엉망이 되어 있었고, 전신 역시 만신창이였다.

제대로 서 있는 게 신기할 정도로 망가져 있는 모습에 멀찍이 떨어져서 지켜보던 정도무림인들이 한껏 기대한 표정을 지었다.

북해빙궁주가 어째서 여기에 왔는지 이유는 알 수 없지만 중요한 건 저 괴물 같았던 역천마궁주를 몰아붙였다는 사실이다.

조금만 더 밀어붙이면 죽일 것만 같은 광경에 정도무림인들이 눈을 빛내며 웅성거렸다.

"아직 안 끝났다."

"지금부터가 더 중요해."

반면에 범율을 비롯해 무당파의 장로들은 얼굴을 굳혔다.

다른 이들과 달리 흡정마공에 대해 알고 있었기에 저렇게 처참한 몰골을 하고 있다고 해도 방심해서는 안 된다는 사실을 알고 있어서였다.

그리고 그건 북궁벽 역시 마찬가지였다.

스슥!

호흡을 추스르기 무섭게 북궁벽이 달려들었다.

주위에 아무도 없는 이때 확실하게 역천마궁주의 숨통을 끊어 놓을 작정이었다.

"두 번 당할 것 같으냐."

"큭!"

섬전처럼 쇄도하던 북궁벽이 튕겼다.

난데없이 나타난 거대한 강기벽이 그의 돌진을 막아 냈던 것이다.

그와 동시에 북궁벽의 주위로 수십, 수백 개의 강기벽이 나타나 그를 압박하기 시작했다.

접근을 막는 게 아니라 아예 가둬 두려는 듯이 계속해서 밀어붙였다.

스윽.

그 모습을 보며 역천마궁주가 갑자기 팔을 뻗었다.

아무것도 없는 빈 허공을 향해 팔을 뻗는 모습에 모두가 의아한 표정을 지을 때 갑자기 비명 소리가 들렸다.

"어?"

"저자는……?"

누가 봐도 강제로 끌려오는 듯한 모습으로 날아오는 이는

무인환생

놀랍게도 십이사도 중 한 명이었다.

그것도 첫 번째 사도의 모습에 모두가 당혹스러운 표정을 지을 때, 믿기 힘든 일이 벌어졌다.

날아온 첫째 제자의 심장에 역천마궁주가 손을 찔러 넣었던 것이다.

"쿨럭! 사, 사부님?"

"나와 하나가 되자꾸나."

"으아아악!"

심장을 꺼내서 먹는 걸로도 모자라 나머지 손을 단전에 넣어 지금껏 쌓아 온 진기를 흡수하는 사부의 모습에 첫째가 절규했다.

배신감도 배신감이지만 고통이 엄청났던 것이다.

산 채로 심장이 뜯기고 배가 갈라지는 고통에 첫째 제자가 처절한 비명을 질렀다.

지금까지 자신에게 잡아먹혔던 이들의 고통을 고스란히 느끼며 첫째 제자는 빠르게 목내이로 변해 갔다.

스르르륵.

반대로 상처투성이였던 역천마궁주의 몸은 빠르게 회복되었다.

마치 시간을 되돌린 것처럼 상처가 순식간에 아물었던 것이다.

뻐어어엉!

그리고 그 순간 북궁벽이 강기로 이루어진 벽을 깨부수고 밖으로 나왔다.

갇히기 전보다 확실히 지친 모습으로 말이다.

툭.

그런 북궁벽을 보며 역천마궁주가 씨익 웃었다.

처음 보여 주었던 바로 그 자신감 가득한 미소였다.

동시에 그는 목내이로 화한 첫째 제자를 짐짝처럼 던졌다.

죽기 직전의 고통이 어떠했는지 바짝 마른 얼굴에 고스란히 담겨 있었으나 역천마궁주는 시선 한번 주지 않았다.

"……역시 그렇게 나오는군."

"호오, 이것까지도 알고 있었나?"

"흡정마공이 강호에 몇 번이나 나왔을 것 같나? 그 마공에 대한 기록은 의외로 많다. 다만 전해진 곳이 드물 뿐이지. 멍청하게도 숨기기 급급해서 요 모양 요 꼴이 난 것 같지만."

북궁벽의 말에 몇몇 수장들이 얼굴을 붉혔다.

그들 역시 느끼고 있어서였다.

흡정마공에 대한 내용이 마치 일부러 지운 것처럼 조금도 남아 있지 않았기에 다들 부끄럽다는 듯이 눈을 감았다.

"그런데도 나를 찾아오다니. 용기가 가상하구나."

"일부러 멀리 떨어뜨려 놓았는데 그런 식으로 회복할 줄이야."

"이곳에서 나는 무적이다. 그 누구도 나를 죽일 수 없지.

무인환생

전장에서 나는 무한히 재생하고 지치지도 않으니까."

"대신 폭주할 가능성도 커지지. 그 녀석의 목소리가 들리지 않느냐?"

북궁벽이 비릿하게 웃었다.

그러면서 그는 눈짓으로 목내이가 된 첫 번째 십이사도를 가리켰다.

강대한 힘을 지니고 있는 만큼 역천마궁주에게 끼치는 영향 역시 클 게 분명해서였다.

"네 목소리도 듣고 싶구나."

쌔애애액!

아까 전보다 좀 더 커진 시뻘건 수강이 북궁벽에게 쇄도했다.

그런데 이번에는 두 개가 아니었다.

하나가 더 늘어 무려 세 개의 거대한 수강이 세 방향에서 북궁벽을 노리고 맹렬히 쇄도했다.

히죽.

한데 그 모습을 본 북궁벽은 웃었다.

긴장하거나 두려워하기는커녕 되레 웃으며 주먹을 그러쥐었다.

"미안하지만 난 죽으러 온 게 아니라서 말이지. 난 그저 마음껏 날뛰고 싶어 왔을 뿐!"

뻐어엉!

지치긴 했으나 그렇다고 싸움에 크게 지장이 되는 정도는 아니었다.

그렇기에 북궁벽의 주먹질은 여전히 호쾌했다.

처음과 마찬가지로 시원스럽게 역천마궁주의 수강들을 박살 냈던 것이다.

"크으윽!"

그 모습에 역천마궁주가 자존심이 상한 표정을 지었다.

첫째를 잡아먹었음에도 별반 달라진 게 없는 것 같아서였다.

하지만 그러면서도 그는 결국에 자신이 이길 거라고 자신했다.

공력의 한계가 분명한 북궁벽과 달리 그에게는 아직 열한 명의 제자들이 남아 있었다.

'널리고 널린 게 먹을 거니까.'

첫째의 죽음에 충격을 받았는지 나머지 제자들이 슬금슬금 전장을 이탈하려는 게 느껴졌다.

그러나 소용없는 짓이었다.

아류의 흡정마공을 익힌 제자들은 절대 본류를 익힌 그의 명령을 거부할 수 없었다.

"어디 한번 발악해 보거라!"

도망치려던 제자들을 지근거리로 부르며 역천마궁주가 포효했다.

武人還生
무인환생

그리고 그 순간 북궁벽이 맹수처럼 그를 향해 떨어져 내렸다.

전신에 호신강기를 두른 채로 말이다.

이윽고 둘 사이에서 어마어마한 굉음과 함께 폭발이 일어났다.

"크오오오!"

역천마궁주의 말마따나 북궁벽은 자신의 모든 것을 쏟아부었다.

오직 역천마궁주를 쓰러뜨리는 것에만 집중하며 자신이 지금껏 쌓은 모든 것을 펼쳤다.

콰콰콰쾅!

그 무시무시한 기세에 역천마궁주는 또다시 만신창이가 되었다.

공력의 양은 그가 압도적이었지만 깊이로는 북궁벽의 상대가 되지 않았다.

심지어 잠시 동안 북궁벽을 가둬 두었던 강기벽조차 이번에는 통하지 않았다.

미리 대비하고 있었다는 듯이 눈부신 경신술로 순식간에 빠져나왔다.

"이놈!"

그런 북궁벽의 모습에 역천마궁주가 답답한 노성을 터트렸다.

하지만 아무리 강기벽을 조종해도, 수강을 휘둘러도 북궁벽을 맞히진 못했다.

수십 년 동안 고련으로 쌓은 경지와 남의 것을 탐해 억지로 쌓아 올린 경지의 차이는 이 정도로 명백했다.

꽈아아앙!

그러나 보이는 것처럼 북궁벽의 상황도 썩 좋지만은 않았다.

빠르게 움직이는 만큼 내공의 소모는 극심했고, 제자들로 공력과 체력, 상처를 회복하는 역천마궁주와 달리 그는 오로지 자신의 힘만으로 싸워야 했다.

'슬슬 지치는군.'

제62장 진정한 절대 고수(絕代高手)

북궁벽은 전력을 다했다.

흡정마공을 익혔다고 하나 역천마궁주 역시 인간이었다.

머리가 박살 나고 심장이 터지면 죽을 수밖에 없다.

그렇기에 그는 집요하게 머리와 심장을 노렸다.

두 곳이 안 된다면 단전이라도.

하지만 역천마궁주는 영악하게도 다른 곳이 찢어지고 터져 나가더라도 그 세 곳만큼은 어떻게든 사수했다.

"이제 슬슬 지치는 모양이구나!"

"네놈도 벌써 제자를 여섯 명이나 잡아먹었지."

"어차피 나를 위해 키워진 놈들이다, 크크큭!"

순식간에 멀쩡해지는 역천마궁주를 보며 북궁벽이 힘없이

웃었다.

십이사도를 잡아먹기만 하면 저리 멀쩡해지니 기운이 빠졌던 것이다.

그러나 변화가 아예 없는 건 아니었다.

제자들을 잡아먹을수록 역천마궁주의 외양이 조금씩 달라졌다.

아주 조금씩이지만 인외(人外)의 모습으로 변해 갔다.

안색 역시 달라져 갔고 말이다.

'근데 여기까지군.'

저돌적으로 밀어붙이던 북궁벽이 두 주먹을 늘어뜨렸다.

더 이상 싸우지 않겠다는 듯이 말이다.

그리고 두 다리도 멈춰 섰다.

"뭐지?"

"아쉽지만 난 여기까지인 것 같아서 말이지."

"뭐라고?"

"이왕이면 내 손으로 끝장을 내고 싶었는데, 안타깝지만 내 능력은 여기까지인 모양이야. 십이사도들만 없었어도 잡았을 것 같은데."

어리둥절한 역천마궁주와 달리 북궁벽은 입맛을 다셨다.

십이사도라는 변수만 아니었다면 역천마궁주는 그의 손에 목이 뜯겼을 터였다.

하지만 북궁벽은 미련을 두지 않았다.

무인환생

"내가 보내 줄 것 같으냐!"

"당연히 그 정도 힘은 남겨 두었지. 설마 그것도 안배해 놓지 않았을까. 아쉽긴 하지만 그래도 마음껏 싸웠으니 미련은 없다. 구경하는 재미는 확실히 있을 테니까."

"놓치지 않는다!"

진짜 그만둘 것이라는 듯이 기도를 갈무리하는 북궁벽을 향해 역천마궁주가 손을 뻗었다.

다 잡은 사냥감을 이대로 놓칠 수는 없어서였다.

그러나 북궁벽은 벼락처럼 쇄도하는 수강을 맞받아치며 그 반동을 이용해 뒤로 훌쩍 날아갔다.

역천마궁주의 힘을 역이용해 순식간에 거리를 벌렸던 것이다.

"미리 명복을 빌어 주지. 지옥에 잘 가라고."

"크아아아!"

마지막 조롱까지 남기며 멀어지는 북궁벽의 모습에 역천마궁주가 땅을 박찼다.

그리고 그 광경을 지켜보던 천하십대고수들과 각 문파의 수장들이 긴장했다.

북궁벽이 물러난 이상 이제는 자신들이 나서야 한다고 생각해서였다.

한데 날아가는 북궁벽을 받아 내는 한 무리가 보였다.

"어?"

노립을 쓴 세 명 중 한 명이 북궁벽을 받아 낸 순간 선두에 있던 인영이 앞으로 천천히 걸어 나갔다.

달려드는 역천마궁주를 향해 느릿하게 다가갔던 것이다.

"비켜라!"

그런 인영을 향해 역천마궁주의 거대한 수강이 쇄도했다.

단숨에 인영을 죽여 버리고 북궁벽에게 달려가겠다는 의지가 서린 일격이었다.

한데 그때 놀라운 일이 벌어졌다.

쩌어어억!

육신 전체를 꿰뚫어 버리겠다는 듯이 무시무시한 기세로 뻗어 가던 수강이 단숨에 갈라졌다.

단순하기 짝이 없는 횡베기에 역천마궁주의 수강이 두부 갈라지듯 양분되었다.

그러고도 모자라 한 줄기 섬광은 역천마궁주의 가슴을 베어 냈다.

"큭!"

인지하지도 못한 순간에 육신을 갈라 버리는 일 검에 역천마궁주가 순간 주춤거렸다.

호신강기를 일으키고 있었음에도 불구하고 육신에 상처를 남기자 경악한 것이었다.

심지어 검광은 수강을 가르고 온 뒤였기에 역천마궁주는 믿을 수 없다는 표정을 지었다.

무인환생

휘이잉!

그때 강한 바람과 함께 노립이 흔들리며 반쯤 가려져 있던 얼굴이 드러났다.

역천마궁주의 수강을 가를 때 생긴 충격파가 노립을 날렸던 것이다.

"천룡검제다!"

"검제가 왔다!"

석진호의 얼굴이 드러나자 북궁벽이 나타났을 때와는 비교도 안 되는 환호성이 터졌다.

북해빙궁의 주인은 새외의 존재였지만 석진호는 그렇지 않아서였다.

더욱이 석진호는 누구도 처치하지 못했던 십이사도를 처음으로 해치운 인물이었다.

그렇기에 소림사에 모여 있던 무인들은 너 나 할 거 없이 함성을 질렀다.

"천룡검제?"

사방에서 터지는 환호성에, 상처 부위를 슥슥 문지르던 역천마궁주가 재미있다는 표정을 지었다.

안 그래도 철갑태군, 거신마군을 죽였다는 소식에 한 번은 보고 싶었다.

그런데 이렇게 알아서 찾아오자 역천마궁주는 잘 걸렸다는 표정으로 석진호를 쳐다봤다.

"별호는 별로 중요하지 않지."

"호오, 그 나이에 초연하기가 쉽지 않은데. 대단하군."

"여섯 명이라."

짐짓 감탄하듯이 말하는 역천마궁주를 일별한 석진호가 강제로 서 있다는 듯이 얼굴을 잔뜩 일그러뜨리고 있는 여섯 명을 쳐다보며 중얼거렸다.

그러나 얼굴 어디에서도 긴장한 기색은 보이지 않았다.

"요런 꼬맹이에게 뒤를 맡기다니. 실망인데, 북해빙궁주."

"일 검도 못 받아 낸 주제에 그런 말을 하는 건 좀 웃긴데 말이지."

"곧 사지를 뜯어 죽여 주마."

"석 관주를 쓰러뜨리고 나서 말하도록."

"흥!"

북궁벽의 이죽거림에 역천마궁주가 콧김을 내뿜으며 다시 땅을 박찼다.

그런 그의 전신에서는 여전히 무지막지한 기운이 아지랑이처럼 일렁거렸다.

전투가 시작된 지 제법 시간이 지났음에도 그는 조금도 지친 기색 없이 처음과 마찬가지로 위력적인 공격을 쏟아 냈다.

쑤아아앙!

이번에는 네 개의 수강이 솟구치며 석진호를 짓뭉갤 듯이 쇄도했다.

하지만 석진호는 수강들이 지척에 당도할 때까지 조금도 움직이지 않았다.

검을 늘어뜨린 채로 가만히 있었던 것이다.

'오만방자한 놈!'

그 모습에 역천마궁주가 다시 한번 콧김을 내뿜었다.

어째서 석진호가 가만히 있는지 그는 알 수 있어서였다.

'단숨에 짓뭉개 주마!'

미동도 없이 가만히 서 있는 석진호를 노려보며 역천마궁주가 진기를 가일층 끌어 올렸다.

그러자 시뻘건 수강에 서린 기운이 더욱 농밀해졌다.

무당검존, 소림권존, 북궁벽과의 대결로 그 역시 미약하게나마 성장한 것이었다.

꽈콰콰쾅!

이윽고 거대한 수강 네 개가 석진호를 집어삼켰다.

굉음과 함께 엄청난 폭발이 일어났던 것이다.

동시에 여기저기에서 장탄식이 흘러나왔다.

천룡검제이기에, 십이사도 중 둘을 쓰러뜨렸기에 많은 이들은 내심 기대했다.

어쩌면 석진호가 신화를 쓸지도 모른다고 말이다.

하지만 기대와 같은 일은 일어나지 않았다.

"어리석은 녀석. 자만도 정도껏 부려야지."

거대한 먼지구름을 쳐다보며 역천마궁주가 비릿하게 웃었

다.

긴장했던 것과 달리 너무나 쉽게 승부가 나자 그는 조소를 머금었다.

그런데 그때 그의 눈에 이상한 점이 보였다.

북궁벽은 물론이고 석진호와 함께 왔을 것으로 짐작되는 이들이 너무나 태연히 있었다.

히죽.

아니, 태연하게 있는 걸 넘어 북궁벽은 웃고 있었다.

방금 전 그와 비슷한 표정을 지은 채로 말이다.

그 순간 역천마궁주는 갑자기 소름이 돋았다.

뒷골이 서늘해지며 싸한 느낌이 들었던 것이다.

푹.

그게 잘못된 느낌이 아니라는 듯이 어깨에서 화끈한 감촉이 느껴졌다.

하지만 역천마궁주는 고통을 느끼지 못했다.

머리를 뒤흔드는 한 가지 생각에 오싹해져서였다.

"그래도 감은 좀 있나 보군. 아니면, 생존 본능인가?"

"어, 어떻게?"

거대한 폭발 속에서 석진호가 걸어 나왔다.

그런데 그의 몸에는 단 하나의 상처도 없었다.

심지어 흑색 무복에는 흙먼지 하나 묻어 있지 않았다.

방금 전의 폭발이 거짓말이라는 듯이 너무나 말끔한 모습

武人還生
무인환생

으로 걸어 나오는 석진호의 모습에 역천마궁주의 동공이 격렬하게 흔들렸다.

"어떻게긴. 네 눈에 보이는 대로지."

"큭!"

어깨에 박혀 있던 검이 난리를 피우기 시작했다.

단숨에 열 겹이나 되는 호신강기를 꿰뚫은 검이 심장까지 가겠다는 듯이 거칠게 날뛰었다.

한데 문제는 정말로 심장까지 닿을 기세라는 점이었다.

그래서 그는 이를 악물고서 검을 뽑아냈다.

"이깟 칼 따위……!"

자신의 피를 흥건히 머금고 있는 검을 역천마궁주가 죽일 듯이 노려봤다.

아니, 정말로 부러뜨릴 기세로 움켜잡았다.

그런데 그때 검이 저절로 움직였다.

사아악!

두 손으로 검신과 검병을 움켜쥐기 무섭게 검이 저절로 **빠져나갔다.**

마치 의지가 있는 것처럼 스스로 솟구쳤던 것이다.

"크윽!"

게다가 검은 그냥 **빠져나가지** 않았다.

역천마궁주의 손바닥을 찢어 버리고서 허공으로 솟구쳤다.

"저, 저건!"

"설마 이기어검?"

"허! 저 나이에 초월경에 올랐다고?"

순식간에 역천마궁주의 손아귀에서 빠져나오는 검의 모습에 둘을 지켜보던 무인들이 경악성을 토해 냈다.

그 정도로 모두가 깜짝 놀랐다.

강하다는 건 알았지만 이기어검을 자유자재로 펼칠 정도인 줄은 몰라서였다.

거기다 석진호는 손가락 하나 꼼짝하지 않았다.

그게 뜻하는 건 최소 목어검(目馭劍)의 경지라는 걸 뜻했다.

"운이 좋네. 심장을 갈라 버릴 생각이었는데."

"이노옴!"

"미안하지만 나한테는 그 수법이 안 통해."

단 두 번의 공격으로 치명적인 부상을 입은 역천마궁주가 손을 뻗었다.

부상을 치료하고자 제자를 잡아먹기 위해서였다.

그런데 날아오던 십이사도 중 한 명이 허공에서 고꾸라졌다.

역천마궁주를 공격했던 검이 전광석화처럼 날아가 날아오던 십이사도의 심장을 꿰뚫었던 것이다.

"컥!"

그뿐만 아니라 아예 흡수할 여지를 주지 않겠다는 듯이 확

무인환생

실하게 머리통과 단전까지 날려 버렸다.

아예 갈가리 찢어 버렸던 것이다.

까드드득!

그 모습에 역천마궁주가 이를 갈았다.

자신에게 조종당하는 동안 아무것도 하지 못하는 십이사
도들의 약점을 정확히 노린 공격에 열불이 치솟았던 것이다.

하지만 그에게는 아직 다섯 명이 남아 있었다.

또한 똑같은 수법에 두 번 당할 정도로 그는 멍청하지 않
았다.

"으아아악!"

이번에는 두 명의 제자들이 날아왔다.

그리고 여지없이 허공을 노닐던 검이 둘을 향해 벼락같이
쇄도했다.

"소용없다!"

그러나 석진호의 검은 둘에게 닿지 못했다.

미리 대기하고 있었다는 듯이 네 개의 수강이 이기어검을
막아섰던 것이다.

최대한 방해하는 게 목적이라는 듯이 네 개의 거대한 수강
은 일렬로 이기어검을 가로막았다.

"사, 살려 주……."

"두려워 마라. 나와 하나가 되는 것이니."

"흐어어업!"

위기감을 느낀 역천마궁주는 한 번에 두 제자를 흡수했다.

한 명씩 흡수하는 것만으로는 석진호를 상대할 수 없을 것 같아서였다.

게다가 이제는 제자가 셋밖에 남지 않았다는 점도 그를 조급하게 만들었다.

'초반에 끝내야 해.'

북궁벽을 밀어내는 데 여섯 명을 잡아먹었다.

그런데 석진호는 북궁벽보다 더 강해 보였다.

두 눈으로 보고도 믿기지 않지만 말이다.

하지만 그의 감이 그리 말했기에 역천마궁주는 자신의 육신이 기괴하게 변해 간다는 사실도 인지하지 못한 채 제자들의 정혈을 흡수했다.

-난 죽고 싶지 않아……

-왜! 왜 나를 죽였지?

-저주한다! 죽어서도 네놈을 저주할 것이다!

-끼히히히히!

상처가 수복되고 체내의 진기가 당장이라도 폭발할 것처럼 날뛰었지만 그럼에도 그는 웃었다.

머릿속으로 정체를 알 수 없는 이들의 말이 들렸으나 그는 무시했다.

오직 눈앞에 고고하게 서 있는 석진호만 노려봤다.

"죽여 주마!"

무인환생

순식간에 목내이로 화한 두 제자를 내팽개치고서 역천마궁주가 석진호에게 달려들었다.

그러면서도 그는 이제 셋밖에 남아 있지 않은 제자들의 육신을 조종했다.

언제라도 끌어와 흡수할 수 있도록 말이다.

쉬이익!

날아가는 역천마궁주를 향해 철검이 벼락같이 떨어져 내렸다.

정확히 그의 정수리를 노리고서 쇄도했던 것이다.

하지만 역천마궁주는 이기어검을 쳐다보지 않았다.

대신 수강을 펼쳐 이기어검을 막았다.

쩌저저적!

네 개에서 무려 두 개가 더 늘어나 총 여섯 개의 거대한 수강이 이기어검을 향해 쏘아졌다.

그러나 이기어검을 부숴 버릴 거라고 역천마궁주는 생각하지 않았다.

수강은 그저 시간을 끄는 용도였다.

숫자도 늘고 더욱 강력해진 수강이었지만 이기어검을 부수거나 막을 정도는 아니었다.

'내 목표는 네놈이다!'

웅웅웅!

역천마궁주의 양손에 막대한 기운이 압축되었다.

이기어검을 펼치는 동안 거의 무방비 상태나 마찬가지일 석진호를 노리려는 것이었다.

그래서 일부러 여섯 개나 되는 수강을 펼친 것이기도 하고.

목어검의 경지라면 시선이 자신에게 쏠린 순간 더 이상 검을 조종하지 못할 것이기에 어느 쪽이든 그로서는 나쁠 게 없었다.

스윽.

그런데 그때 석진호가 늘어뜨렸던 검을 들어 올렸다.

정확히 그를 주시하면서 말이다.

콰! 콰! 콰! 콰!

한데 머리 위로 떨어져 내리는 이기어검의 기세는 조금도 흐트러지지 않았다.

오히려 더욱 강맹하게 그가 펼친 수강들을 꿰뚫어 낙하하고 있었다.

"시, 심어검이라고?"

이기어검의 끝이라고 할 수 있는 경지가 심어검이었다.

오직 마음으로만 이기어검을 조종하는 경지.

그걸 파악한 역천마궁주가 흠칫하며 몸을 멈춰 세웠다.

심어검의 경지라면 지금의 그로서는 역부족이었다.

사경을 헤매는 소림권존과 삼왕오절, 거기에 북궁벽까지 잡아먹어야 엇비슷할 터였다.

武人還生
무인환생

그렇기에 역천마궁주는 경악할 새도 없이 도주를 떠올렸다.

"어딜 가려고."

서걱.

잠시 멈칫거린 순간 섬뜩한 파육음이 들려왔다.

동시에 다리에서 무언가가 빠져나가는 느낌이 들었다.

머리가 새하얘질 정도의 고통과 함께.

"끄아아악!"

정강이에서부터 두 다리가 잘린 역천마궁주가 비명을 내질렀다.

단순히 검에 베인 것뿐인데, 이런 상처는 수도 없이 입어봐서 익숙한데 이상할 정도로 고통스러웠다.

마치 절단된 부위가 타들어 가는 것처럼 말이다.

하지만 그 고통 속에서도 역천마궁주는 한 줄기 이성을 유지했다.

우우우웅!

이기어검의 존재를 잊지 않았기에 머리 위로 최대한 많은 숫자의 호신강기를 일으키고서 동시에 단전의 모든 공력을 일으켰다.

이렇게 된 이상 이판사판이었다.

석진호를 죽이지 않는 이상 도주는 불가능하단 걸 깨달은 역천마궁주는 모든 힘을 일으켰다.

근처에 있던 세 명의 제자들도 끌어당기면서 말이다.

"마지막 발악인가."

"죽여 버리겠다! 반드시 죽여 버리겠어! 네놈을! 그리고 네 놈과 연관된 모든 것들을 말이다!"

쌔애애액!

수백 개는 될 법한 강환들이 사방으로 쏘아졌다.

적아를 구분하지 않고 모조리 파괴하겠다는 듯이 무분별한 공격을 펼쳤던 것이다.

그러면서도 역천마궁주는 영악하게 제자 셋을 끌어당겼다.

모두의 시선이 강환에 쏠려 있는 틈을 타 흡수하려는 것이었다.

퍼퍼퍼펑!

그러나 역천마궁주의 계획은 초반부터 어그러졌다.

허공에 있던 검의 검신에서 수백 줄기의 강사(罡絲)가 뿜어져 나오며 그의 강환들을 모조리 꿰뚫었던 것이다.

"저, 저……!"

그 말도 안 되는 광경에 역천마궁주가 어처구니없다는 표정을 지었다.

보고도 믿을 수가 없었던 것이다.

하지만 그럼에도 그는 하던 일을 멈추지 않았다.

날아온 제자 셋을 잡아먹으며 순식간에 회복했다.

"크르르르!"

대신 역천마궁주는 이성을 잃었다.

한계 이상의 힘을 흡수해 결국 심마에 빠진 것이었다.

그러나 딱 한 가지만은 확실하게 기억하고 있었다.

"죽인다! 모조리 죽인다!"

"쯧! 결국 이렇게 됐군."

석진호가 혀를 찼다.

징조를 보이긴 했으나 생각했던 것보다 빠르게 폭주해서였다.

이제는 누가 봐도 인외의 괴물처럼 보이는 역천마궁주의 모습에 석진호는 호위하듯 배회하고 있던 검을 날렸다.

회전까지 실어, 마물이 된 역천마궁주를 향해 쏘아 보냈던 것이다.

까아아앙!

그런데 검이 튕겼다.

종잇장처럼 가르던 방금 전과 달리 회전까지 시켰음에도 불구하고 살갗에 생채기 하나만 남기고 무기력하게 튕겨 날아갔다.

그 모습에 멀리서 지켜보고 있던 북궁벽, 북궁혁, 모용천의 얼굴이 딱딱하게 굳어졌다.

멀리 떨어져 있음에도 저릿함이 느껴질 정도로 무시무시한 기세를 뿌렸기에 대단할 거라 생각하기는 했지만 이기어검을 저리 쉽게 튕겨 낼 줄은 몰랐기에 다들 긴장한 얼굴로 전투태세를 취했다.

"크오오오!"

그 순간 거친 포효와 함께 역천마궁주가 땅을 박찼다.

초식이라고는 전혀 없는, 말 그대로 짐승과도 같은 움직임을 보이며 석진호에게 쇄도했던 것이다.

그런데 속도와 힘이 상상을 초월했다.

인간이라고는 생각하기 힘든 움직임을 보여 주었던 것이다.

우우웅!

거기다 마물이 되었음에도 역천마궁주는 내공을 다뤘다.

제정신을 유지할 때처럼 섬세하게 다루지는 못해도 제 몸을 감싸거나 강화하는 정도는 본능적으로 사용했다.

다만 문제는 그 위력이 제정신일 때와는 천양지차라는 점이었다.

쩌어어엉!

강기가 서려 있는 손톱이 석진호의 검과 부딪쳤다.

그러자 굉음과 함께 무시무시한 후폭풍이 사방을 휩쓸었다.

지금껏 느껴 보지 못했던 엄청난 충격파가 천지 사방으로 뻗어 나갔던 것이다.

"크으윽!"

무인환생

"뭐, 뭐야!"

"으어어억!"

단 한 번의 격돌이었으나 충돌의 여파는 가공했다.

진즉에 멀찍이 떨어져 있던 이들도 중심을 잡기 힘들 정도의 강풍이 소림사의 경내를 휩쓸었다.

그런데 문제는 이게 시작이라는 점이었다.

이 엄청난 폭풍 속에서도 역천마궁주는 짐승과 같은 움직임으로 석진호를 찢어발길 기세로 맹공을 펼쳤다.

쩌엉! 쩡!

하지만 석진호도 만만치 않았다.

규칙도 없고 초식도 없는 그저 맹수와도 같은 공격을 석진호는 조금도 밀려나지 않고 받아쳤다.

정확히, 딱 필요한 힘만 사용해서 막아 냈던 것이다.

"크워어어!"

완벽하게 방어해 내는 게 짜증 나는지 역천마궁주가 짐승처럼 울부짖었다.

그러자 주변의 대지가 갈라졌다.

역천마궁주의 짜증 섞인 휘두름에 깊은 골이 생겼던 것이다.

"무식하긴."

뻐어어엉!

석진호의 검격이 역천마궁주의 가슴을 후려쳤다.

진기를 가득 머금은 검강이 번뜩이며 파고들었던 것이다.

하지만 놀랍게도 상처는 없었다.

맨몸뚱이로 석진호의 강격을 버텨 낸 것이었다.

"우리도 가세해야 하지 않겠습니까."

경천동지, 천번지복이라는 말이 절로 떠오를 정도의 대결에 소림사 방장 범율의 곁으로 천하십대고수가 모여들었다.

그리고 그 뒤로 구파일방, 오대세가의 수장들이 하나둘 다가왔다.

아직까지는 막상막하의 대결을 보여 주고 있지만 언제 상황이 바뀔지 몰랐다.

특히 마물이 된 역천마궁주가 뿜어 대는 마기가 무시무시했기에 다들 안면이 딱딱하게 굳어 있었다.

"오히려 방해가 될 수 있소이다, 아미타불."

"나 역시 같은 생각일세. 쿨럭!"

범율에 이어 남궁후도 입을 열었다.

아직도 내상이 심각한지 각혈을 하면서 말이다.

그러나 그는 상반신 전체에 붕대를 감고서도 여전히 검을 쥐고 있었다.

"지금은 지켜보는 게 맞는 것 같소이다."

"나도 같은 생각이네."

안쓰러운 눈으로 남궁후를 쳐다보던 당군성과 풍절이 거

무인환생

들었다.

괜히 끼어들었다가 방해가 되느니 대기하는 게 나았다.

끼어드는 건 석진호가 수세에 몰렸을 때, 위태로워 보일 때 해도 늦지 않았다.

"일단 지금은 잘 싸우고 있기도 하고."

"근데 보고도 믿기지가 않는군. 고작 약관에 저 경지가 가능한가?"

"불가능하지. 스무 살이면 본파의 삼대제자와 비슷한 나이인데."

화산권왕과 비절(飛絕)이 고개를 절레절레 저었다.

두 눈으로 보고도 믿기지가 않아서였다.

동시에 자신들이 육십 넘게 쌓아 온 무공이 허무하게 느껴졌다.

"저런 마물도 있는데."

"무림의 홍복이기는 하지만 두렵기도 하군."

"약관에 천하제일인이 된 경우가 있나?"

천하제일인이라는 다섯 글자에 침묵이 내려앉았다.

강호무림을 대표하던 쌍존조차도 가지지 못했던 칭호가 천하제일인이었다.

그런데 그 칭호가 석진호에게 가고 있었다.

ㅡ왜 그러십니까?

천하십대고수들과 각파의 수장들이 언제라도 달려들 수

있도록 대기한 채로 대화를 나눌 때 범율이 한쪽 구석을 힐 끔거렸다.

바로 비성곡주가 있는 곳이었다.

그러나 그의 전음에도 불구하고 비성곡주는 대답이 없었 다.

대신 부릅뜬 눈으로 격전지를 뚫어져라 쳐다보기만 했다.

-저기, 곡주님?

다시 한번 범율이 전음을 보냈지만 묵묵부답이었다.

비성곡주는 석상처럼 그저 석진호만 바라봤다.

'이 공명은 분명······!'

한편 비성곡주는 격정에 떨고 있었다.

천룡검제, 석진호에게서 흘러나온 기운에 그의 공력이 공명하듯 진동하자 비성곡주는 감격한 눈으로 두 손을 맞 잡았다.

생각지도 못한 곳에서 그분의 후예를 만나자 격정을 감추 지 못하는 것이었다.

더욱이 그분의 후예답게 가공할 무위를 보여 주는 모습에 비성곡주는 심장이 두근거렸다.

'역시 그분의 후예로구나!'

쌍존조차도 어쩌지 못했던 역천마궁주를 단독으로 상대하 는 석진호의 모습에 비성곡주는 연신 고개를 주억거렸다.

그분의 후예라면 저 정도 무위는 당연했다.

무인환생

그리고 그는 알았다.

석진호가 진짜 실력을 아직 꺼내지 않았다는 사실을 말이다.

터어어엉!

통짜 강철을 때린 듯한 소리와 함께 역천마궁주가 굴욕적으로 바닥을 나뒹굴었다.

석진호의 일 검을 견뎌 내지 못하고 나자빠진 것이었다.

하지만 역천마궁주는 쓰러지기 무섭게 어금니를 드러내며 벌떡 일어났다.

아무렇지 않은 얼굴과 기세로 다시 석진호에게 달려들었던 것이다.

"단단하기는 무지하게 단단하네."

수없이 때려도 상처는커녕 생채기조차 나지 않는 역천마궁주의 육신에 석진호가 실소를 흘렸다.

열 겹이나 되었던 호신강기도 단숨에 베어 냈던 게 그의 일 검이었다.

그런데 지금은 아무리 검강을 갈겨도 흠집 하나 나지 않았다.

"죽인다! 죽여 버린다!"

넘쳐 나다 못해 몸을 타고 이글이글 타오르는 무지막지한 진기에 석진호는 고개를 절레절레 저었다.

평범한 무인이었다면 비효율적인 내공 운용으로 일각을 넘기지 못하고 제풀에 지쳐 쓰러졌겠지만 흡정마인은 달랐다.

수백, 수천 명을 잡아먹고 폭주한 것이기에 저렇게 기운을 분출해도 지치지 않았다.

부족하면 주변에 있는 무인을 잡아먹으면 될 일이었고.

"오랜만에 초식을 펼쳐야 하나."

무서운 속도로 돌진하는 역천마궁주를 보며 석진호가 중얼거렸다.

강호에 나와서 지금껏 석진호는 딱히 초식을 펼친 적이 없었다.

그나마 펼친 게 진천벽력투의 기본 초식 몇 개 정도랄까.

하지만 진천벽력투로는 달려드는 역천마궁주를 쓰러뜨리기에 부족했다.

스윽.

거기까지 생각이 닿은 순간 석진호는 검을 늘어뜨렸다.

그리고 처음으로 무상삼절(無上三絕) 중 첫 번째 초식 무광(無光)을 떠올렸다.

"영광으로 알도록. 이번 생에서 무상삼절을 겪는 건 네가 처음이니까."

"크으?"

몸을 잔뜩 웅크리고서 허공을 가로지르던 역천마궁주가 일순 멈춰 섰다.

武人還生
무인환생

그러나 자의로 멈춰 선 건 절대 아니었다.

촤아아앗!

역천마궁주의 두 눈에서 피가 솟구쳤다.

반응조차 하지 못하고 일격을 허용한 것이었다.

그뿐만 아니라 전신에 거미줄과도 같은 자상이 순식간에 번졌다.

"역시 버텨 내질 못하는군."

"끄아아악!"

순식간에 피투성이가 된 역천마궁주가 비명을 내질렀다.

그러나 석진호의 신경은 균열이 잔뜩 난 검에 가 있었다.

딱 한 초식을 펼쳤을 뿐인데 검신에 잔금이 잔뜩 생겨난 모습에 석진호가 혀를 찼다.

"운 좋은 녀석."

푸스스스…….

말이 끝나기 무섭게 검은 가루가 되어 흩어졌다.

하지만 석진호에게는 한 자루의 검이 더 있었다.

이기어검을 펼쳤던 검이 오른손에 잡힌 순간 무광이 다시 한번 펼쳐졌다.

"으으으!"

물론 그걸 본능적으로 느끼고 역천마궁주가 몸을 돌렸으나 아쉽게도 무광이 닿는 게 먼저였다.

투두둑. 투둑.

어떻게든 몸을 회복시키기 위해 무인들이 모여 있는 곳으로 달려가던 역천마궁주가 어육점의 돼지고기처럼 갈가리 찢겼다.

수십 조각의 육편이 되어 바닥에 떨어졌던 것이다.

동시에 무거운 침묵이 전장에 내려앉았다.

재앙과도 같았던 역천마궁주가 쓰러졌으나 너무나 충격적인 광경에 어느 누구 하나 좀처럼 입을 열지 않았다.

"역천마궁주는 죽었다!"

"적들을 공격해라!"

"모조리 죽여라!"

무인환생

제63장 과거의 인연

그때 모용천이 검을 들어 올리며 소리쳤다.

역천마궁주가 죽었으나 전쟁은 아직 끝나지 않았다.

십이사도를 잡아먹는 순간부터 몇몇 이들이 몰래 도주하기는 했으나 여전히 역천마궁이라는 이름 아래에 모인 이들이 많았다.

그들이 남아 있었기에 모용천의 외침에 정도무림인들은 지금껏 억눌려 있던 울분을 모조리 토해 냈다.

"다 죽여!"

"싹 다 죽여 버리겠어!"

원한이 원한을 낳는다는 말처럼 역천마궁의 역천폭사공에 가족과 친구, 스승과 제자를 잃은 이들이 수두룩했다.

그 분노를 무인들은 감추지 않았다.

"도, 도망쳐!"

"으아아아!"

그들의 살기는 이내 거대한 광기로 변했고, 역천마궁도들과 역천마궁의 휘하에 들어갔던 이들이 황급히 도망치기 시작했다.

하지만 사방으로 흩어지는 속도보다 정도무림인들이 따라붙는 속도가 훨씬 더 빨랐다.

아무래도 사기 자체가 다르기도 했고, 숭산이 익숙했기에 금방 추격했던 것이다.

"모조리 죽여라!"

"단 한 놈도 살려 두지 마라!"

"흡정마공을 익혔을지 모른다! 모조리 참살해라!"

콰콰콰쾅!

물론 역천마궁 쪽도 순순히 당해 주지는 않았다.

역천폭사공을 익힌 이들이 상당수 있었기에 도주하기가 불가능해 보이자 같이 죽자는 듯이 동귀어진하는 이들도 상당히 많았다.

특히 산적과 수적이 많았는데 그들이 펼친 역천폭사공으로 죽는 이들이 상당했다.

그러나 이미 눈이 뒤집힌 무인들은 역천폭사공을 펼쳐도 물러나지 않았다.

"살벌하네."

"복수도 기회가 있어야 하니까요."

"역시 내 예상이 맞았어. 그런 무시무시한 무공을 숨겨 두고 있다니. 근데 그게 다가 아니지?"

체력을 회복한 북궁벽이 의미심장한 표정을 지으며 물었다.

마치 자신은 다 알고 있다는 듯이 말이다.

"글쎄요."

"뭐, 비장의 한 수야 다들 가지고 있는 거니까. 다만 승천무관에 돌아가면 나도 한번 겪어 보고 싶은데."

"마지막 일 검 말입니까?"

"응. 이번이 아니면 언제 또 겪어 보겠어?"

북궁벽이 새하얀 이빨을 드러내며 빙긋 웃었다.

그런 그의 얼굴에는 조금의 두려움도 없었다.

"검을 하나 구해야겠군요."

"이참에 저들에게 하나 달라고 해도 될 것 같은데. 마지막 검초를 견딜 만한 검으로. 그 정도 받을 자격은 충분하다고 생각하는데. 원한다면 내가 직접 한 자루 줄 수 있고."

북궁벽의 미소가 갑자기 음흉하게 변했다.

무엇을 생각하는 것인지 요상한 웃음을 연신 흘렸는데, 그 모습을 보자 석진호는 뒤통수가 서늘해졌다.

"반드시 있어야 하는 건 아닙니다."

"그 말이 더 무서운데."

"진호야!"

익숙한 목소리에 석진호가 고개를 돌렸다.

그러자 북궁혁과 함께 달려오는 모용천의 모습이 보였다.

옆에서 나란히 함께 뛰어오는 백리선의 모습도.

"잘 성장했네."

"이 자식! 그런 무위를 숨겨 두고 있을 줄이야!"

"숨기긴 뭘 숨겨. 그냥 밝히지 않은 것뿐이지."

"그거나 이거나!"

스슥!

달려온 모용천이 석진호를 끌어안으려는 듯이 두 팔을 활짝 펼쳤다.

하지만 그는 안타깝게도 뜻을 이루지는 못했다.

석진호가 이형환위를 펼쳐 빠져나와서였다.

"남자한테 안기는 취미는 없어서."

"참 너답다."

"근데 이렇게 와 있어도 되나?"

석진호의 시선이 조용히 서 있는 백리선을 지나 어색하게 서 있는 십여 명의 장정들에게로 향했다.

그런데 역천마궁주와의 대결 때문인지 어느 누구 하나 석진호와 눈을 마주치려 하지 않았다.

잠깐이라도 마주치면 경기를 일으키듯 깜짝 놀라며 고개

武人還生
무인환생

를 숙였다.

"내가 따라가 봤자 할 수 있는 건 별로 없으니까 괜찮아. 그리고 원한을 갚을 기회를 줘야지."

"이번 전쟁으로 많은 걸 얻었네."

"맞아."

"그래서 식은 언제 올릴 거야?"

"쿨럭!"

석진호의 말에 모용천이 사레가 걸린 것처럼 기침을 했다. 그리고 백리선은 새빨개진 얼굴로 고개를 푹 숙였다.

하지만 아니라고도, 싫다고도 하지 않았다.

"역시 전쟁 속에서도 사랑은 꽃핀다니까."

"무, 무슨 말이야?"

"그건 네가 가장 잘 알 거 같은데. 아, 백리 소저와 함께."

북궁혁이 능글맞게 웃으며 모용천과 백리선을 번갈아 쳐다봤다.

누가 봐도 부담스러운 눈빛으로 말이다.

"오랜만이로군."

휘이익!

모용천과 백리선이 어쩔 줄을 몰라 할 때 일단의 무리가 석진호에게로 달려왔다.

사천당가와 하북팽가의 사람들이 그를 찾았던 것이다.

"몸은 괜찮으십니까?"

"보다시피 멀쩡하네. 내상을 좀 입기는 했지만 남궁세가주에 비하면 조족지혈이지."

"석 공자님!"

자잘한 상처가 있기는 했으나 거동이 힘들 정도의 상처는 없었다.

그렇기에 당군성은 평소와 같은 미소를 지었다.

한편 거의 날듯이 달려온 팽나연은 커다란 눈을 정신없이 움직이며 석진호의 몸을 살폈다.

다른 이도 아닌 역천마궁주를 직접 상대했기에 그녀는 혹시라도 상처가 있을까 봐 석진호의 몸 곳곳을 면밀히 살펴봤다.

"전 괜찮습니다."

"다행이에요."

팽나연이 안도의 한숨을 내쉬었다.

대답대로 외상은 딱히 보이지 않아서였다.

그러다가 이내 그녀의 시선이 석진호의 검으로 향했다.

검신은 사라지고 검병만 덩그러니 남은 모습의 검으로 말이다.

"검이 부서졌네요, 오라버니."

그걸 당하린도 확인했는지 묘하게 씁쓸한 표정을 지으며 말했다.

자신이 선물해 준 검이 손잡이만 남자 묘한 기분이 들었던 것이다.

"검 두 자루에 마물을 처치할 수 있다면 남는 장사지."

"그건 그런데, 느낌이 이상하게 씁쓸해요. 저에게 있어 의미가 있는 검이라서 그런가."

"물건은 물건일 뿐이야. 제 용도를 다했으니 오히려 고마워해야지."

"맞네. 의미 있는 물건인 건 맞지만 제 몫을 다하고 갔으니 너무 미련을 둘 필요는 없다. 검은 또 새로 구하면 되니까."

당군성이 의미심장하게 웃으며 당하린을 달랬다.

그런데 그 말에 팽나연과 함께 왔던 팽무건, 팽무곤 형제가 미간을 좁혔다.

왠지 모르게 꿍꿍이속이 있는 것 같아서였다.

"안 그래도 잘 왔어. 너에게 할 말이 있었는데."

"저에게요?"

당하린이 눈을 동그랗게 떴다.

갑자기 자신을 콕 집어 부르자 살짝 놀란 것이었다.

"동생과 함께 본가로 가."

"네?"

당하린은 물론이고 당아린의 동공도 크게 뜨였다.

과거 팽나연의 일이 반사적으로 떠올랐던 것이다.

그래서인지 당하린이 충격을 거하게 받은 얼굴로 금방이라도 울 것처럼 석진호를 쳐다봤다.

"오해하지는 말고. 사천당가에 네가 필요할 것 같아서. 다친 사람도 많을 테고."

"저는 괜찮은데……."

"그리고 한 번쯤 생각을 정리할 필요가 있지 않을까?"

"아직 시간이 많이 남았는데요."

당하린이 단호한 얼굴로 말했다.

처음 약조했던 오 년은 이제 반 정도가 지났을 뿐이었다.

그렇기에 당하린은 결연한 표정으로 석진호를 쳐다봤다.

"내 생각에는 그래서 한 번쯤은 생각해 볼 시간이 필요하지 않을까 싶어."

"……."

당하린이 입술을 깨물었다.

왠지 모르게 자꾸만 팽나연의 일이 떠올라서였다.

"나는 괜찮네만."

"딸과 너무 오래 떨어져 계시지 않았습니까. 그리고 저는 이대로 승천무관으로 돌아갈 생각이라."

당군성이 슬그머니 당하린에게 힘을 보탰다.

내심 당하린과 잘되었으면 하는 마음을 가지고 있기에 그는 딸의 편이었다.

게다가 사위가 석진호라면 절을 해도 모자랄 판이었다.

'아직 전쟁은 끝나지 않았지만 사전 작업을 하려는 이들이 수두룩하겠지.'

武人還生
무인환생

쌍존조차도 패퇴시켰던 이가 역천마궁주였다.

그런 역천마궁주를 홀로 쓰러뜨린 게 석진호였고.

물론 북궁벽의 조력이 있긴 했으나 폭주한 역천마궁주를 잡은 건 누가 뭐래도 석진호였다.

"이젠 다 컸는데 뭘. 과년한 딸을 데리고 있는 것도 꼭 좋은 일만은 아니네."

당군성의 말에 조용히 있던 백리선의 얼굴이 살짝 붉어졌다.

이제 열아홉 살인 당하린과 달리 그녀는 스물하나였기 때문이다.

"크흠!"

그 사실을 누구보다 잘 알았기에 모용천은 백리선의 마음을 읽었다.

그래서 모용천은 그녀를 대신해 살짝 불편한 헛기침을 했다.

"부상자가 많으니 두 사람이 필요할 거라 생각합니다. 또 번잡하게 이리저리 끌려다니는 것도 싫고요."

"그렇다면 어쩔 수 없지."

석진호가 싫다고 해도 어떻게든 그를 만나려고 하는 이들이 수두룩할 터였다.

이번 전쟁의 영웅과 얼굴 한번 트겠다고 말이다.

이미 알고 있는 사람들은 더욱 돈독한 관계를 위해 찾아올 것이고.

그걸 즐기는 이도 있겠지만 당군성이 본 석진호는 그런 유는 아니었다.

"너도 정리하고 느긋하게 와."

"그리 오래 걸리지는 않을 거다."

"승천무관에서 보자고."

"객잔주님께 말 전해 줘. 맛있는 거 많이 부탁한다고."

"그냥 대충 먹어."

석진호는 딱 선을 그었다.

굳이 일거리를 늘리고 싶지는 않아서였다.

거기다 보조해 주던 당하린도 없을 것이기에 석진호는 단호하게 말했다.

"서럽네. 친구보다도 객잔주님이 더 소중하다는 거냐."

"당연한 거 아냐? 나에게는 어머니나 마찬가지야."

"하긴."

조금 섭섭한 표정을 지었던 모용천이 이내 수긍했다.

석진호에게 있어 소하정이 어떤 존재인지 모르지 않아서였다.

"저도 나중에 따로 찾아갈게요."

"그러시죠. 그럼 저희는 이만."

당군성과 눈인사를 하던 북궁벽이 석진호의 말에 몸을 돌렸다.

그런데 그 순간 그의 눈에 이쪽으로 향하는 수십 쌍의 눈이 보였다.

하나같이 한가락씩 할 것 같은 고수들의 눈빛이 말이다.

'재미있어지겠는데.'

경외와 감탄, 감사함이 담긴 눈빛들도 있었지만 몇몇은 대놓고 시기심과 질투를 드러냈다.

목숨을 구함받았음에도 다른 생각을 하고 있는 이들의 모습에 북궁벽은 입꼬리를 말아 올렸다.

앞으로 재미있는 일들이 많아질 것 같아서였다.

물론 석진호를 걱정하지는 않았다.

"승천무관에서 보자고."

"그래. 기대해도 좋아."

"아직 날 따라잡으려면 멀었다니까."

"과연 그럴까?"

북궁혁과 모용천이 자신만만한 얼굴로 서로를 쳐다봤다.

그러다가 이내 서로를 한번 안아 주고는 떨어졌다.

"가자."

"그래."

둘이 떨어지기 무섭게 석진호가 말하며 몸을 돌렸다.

그런데 그때 당하린이 석진호의 손을 잡았다.

"금방 갈게요."

"천천히 와도 돼."

"그리 오래 걸리진 않을 거예요."

적극적인 당하린의 모습에 당군성이 마음속으로 박수를 쳤다.

안 그래도 아직 확실하게 맺어지지 않은 상태였기에 그는 내심 조마조마했다.

다 된 밥을 애먼 년이 냉큼 차지할지도 모른다는 생각이 들어서였다.

이미 경쟁자가 하나 있기도 했고.

'최소 두 명을 생각해야 하나…….'

당군성이 팽나연을 힐끔 쳐다봤다.

딸과 맞닿아 있는 석진호의 손을 뚫어져라 쳐다보는 모습에 당군성은 입맛을 다셨다.

다른 여자라면 모를까 팽나연은 명분에서 밀렸다.

'마음 같아서는 하린이랑만 맺어졌으면 좋겠지만, 그건 힘들겠지.'

소화 남궁연까지 찾아간 마당에 당하린하고만 맺어질 가능성은 낮았다.

더욱이 석진호는 지금까지 누구에게도 관심을 보이지 않은 만큼 당하린도 안심하기는 일렀다.

"선택은 네가 하는 거니까."

"제가 없는 동안 오라버니께서도 한 번은 생각해 주셨으면 해요."

무인환생

"알았어."

"조심히 가세요."

석진호의 손을 놓으며 당하린이 북궁혁, 북궁벽 부자와 정마륭, 탁윤에게 눈인사를 했다.

그런 그녀의 인사에 다들 웃으며 마주 고개를 숙이고는 석진호를 따라 몸을 돌렸다.

"헛!"

"벌써 가다니!"

잠시 후 풍절을 위시로 천하십대고수들이 달려왔으나 이미 석진호 일행은 떠난 뒤였다.

아직 해도 뜨지 않은 이른 새벽에 소하정은 일어나 이부자리를 정리했다.

그러고는 익숙하게 북쪽에 자리 잡은 아담한 사당으로 향했다.

바로 그녀가 모시던 주인이자 석진호의 친모를 모신 사당이었다.

오늘도 어김없이 위패 앞에 선 소하정은 석진호의 무사 안위를 빌고 또 빌었다.

"우리 도련님 다치지 않고 무사히 돌아올 수 있도록 돌보아 주세요, 주인님. 별일 없이, 떠나던 모습 그대로 돌아올 수 있도록요."

합장한 손을 부드럽게 비비며 소하정이 빌고 또 빌었다.

그때 사당의 입구로 세 개의 그림자가 나타났다.

바로 채소강과 채소설 남매 그리고 한노였다.

"응? 왜 이렇게 일찍 나왔어? 평소대로 일어나도 된다고 했잖아."

"저절로 눈이 뜨여서요, 헤헤!"

"저는 객잔주님을 지켜야 합니다."

"피곤하게. 너희는 아직 잠을 푹 자야 할 시기인데."

애교 부리는 채소설과 달리 채소강은 책임감으로 똘똘 뭉친 얼굴이었다.

그러나 그게 소하정은 마음에 들지 않았다.

채소설보다 한 살 더 많다고 하지만 채소강 역시 그녀에게는 어린아이였다.

평범한 가정이었다면 부모님 속을 한창 썩일 나이였기에 소하정은 내심 안타까웠다.

"한 노야도 계신데 뭘 그리 걱정해? 다른 두 분도 계시고."

보이지는 않았지만 소하정은 알았다.

한노의 곁에 덕과 결이라는 이름을 가진 북해빙궁의 무사 두 명이 더 있다는 사실을 말이다.

"어르신의 실력을 모르는 건 아니지만, 결국 북해빙궁 소속이지 않습니까."

"맞는 말이지."

무인환생

어떻게 보면 기분이 상할 법한 채소강의 말에도 한노는 담담한 얼굴로 끄덕였다.

아무리 자신이 남이 아니라고 하나 냉정하게 말하면 외부인이었다.

그런 만큼 너무 믿어도 좋지 않았다.

물론 북해궁주인 북궁벽이 직접 명령을 내렸기에 예기치 못한 사고가 벌어지면 목숨을 바쳐서라도 소하정을 지키겠지만, 그래도 최소한의 긴장은 하고 있어야 했다.

"지금은 전시 상황이나 마찬가지니까요."

"잘 배웠구나."

"절 가르치신 분이 관주님이십니다."

"하긴."

한노는 자기도 모르게 수긍했다.

제자는 아니지만 석진호의 가르침을 받은 게 채소강이었다.

또한 소하정의 호위 무사로 내정되어 있는 게 그였고.

'생각해 보니 이 녀석도 엄청난 기연을 받았구나.'

탁윤과 정마룡 못지않게 행운을 얻은 게 채소강이었다.

물론 둘과는 다른, 오직 호위 무사로서의 무공을 배우긴 했으나 그 수준이 결코 낮지 않음을 알기에 한노는 새삼스러운 눈으로 채소강을 쳐다봤다.

"나도 관주님을 지킬 거야. 은혜는 반드시 갚아야 하니까."

"……너까지 그럴 필요는 없어."

"객잔주님은 나한테도 소중한 분이거든!"

다부진 어조와 달리 채소설은 소하정의 옆구리를 껴안았다.

마치 엄마에게 안기듯 안겼던 것이다.

그런 그녀의 행동에 소하정이 푸근한 미소를 지었다.

"무슨 말을 그렇게 살벌하게 해. 어르신도 계시고 무관 옆에는 석가장주님도 계신데. 청송표국도 있고. 별일 없을 테니 너무 걱정하지 마."

"그래도 만약의 사태에 대비해서 나쁠 건 없다고 생각합니다."

"딱딱하긴."

"현재 관주님도, 그리고 교두님들도 안 계시니까요."

채소강은 단호했다.

자신과 관도들만 남아 있는 상태였기에 채소강은 더욱더 정신을 바짝 차리고 있어야 한다고 생각했다.

냐아옹.

그때 음영진 곳에서 익숙한 울음소리가 들렸다.

자신도 있다는 듯이 몸을 한껏 모으고 있던 흑휘가 짧게 울었던 것이다.

"대신 흑휘가 있잖아."

"……저보다 흑휘가 더 강하기는 하죠."

무인환생

"삼랑이들은 없지만 대신 믿음직스러운 아가들이 있고."

"아가라고 하기에는 덩치가 너무 많이 커진 것 같은데요."

채소강이 자기도 모르게 실소를 흘렸다.

아직 성체가 된 건 아니지만 그럼에도 웬만한 늑대들은 가볍게 제압할 정도로 삼랑이들의 자식들은 강했다.

덩치 역시 보통 늑대들보다 훨씬 컸고 말이다.

좋은 혈통을 타고나서 그런지 삼랑이들 때보다 더 큰 것 같은 늑대들을 떠올리며 채소강이 고개를 저었다.

"덩치만 크지 아직 애기야, 애기. 얼마나 애교가 많은데. 말귀도 잘 알아듣고. 식탐이 좀 강해서 그렇지."

"애들이 많이 먹기는 해요. 형제들이 많아서 그런가."

"그것도 한몫하는 거 같아."

자연스럽게 수다 삼매경에 빠지는 소하정과 채소설의 모습에 채소강은 옅게 웃으며 조용히 섰다.

한노와 마찬가지로 둘의 대화를 묵묵히 지켜보기만 했던 것이다.

흑휘 역시 잠이 부족한 모양인지 귀만 간혹 쫑긋거리며 두 눈을 감고 있었다.

'괜찮으시려나.'

그런 셋의 모습을 번갈아 바라보며 채소강은 생각에 잠겼다.

지금쯤 소림사가 있는 숭산에서 결판이 났을 것이기에 자연스레 생각이 그리로 이어졌던 것이다.

아마 오늘쯤이면 결과에 대해서 알려질 것이기에 채소강은 마음이 무거웠다.

별일 없을 거라고 확신을 하지만, 그래도 혹시 몰라서였다.

'무슨 일이 생기진 않겠지.'

혼자 떠난 것도 아니고 북해의 지배자라 불리는 북궁벽과 함께했기에 걱정할 이유는 없다고 생각하면서도 채소강은 한 가닥 불안감이 있었다.

워낙에 역천마궁주의 소문이 무시무시했기에 자꾸만 걱정이 싹텄던 것이다.

"오셨군."

"예?"

"궁주님이 오셨다. 관주님과 소궁주님도. 느껴지는 인기척으로는 다친 사람은 없군."

"그게 무슨 말씀이세요?"

한노의 말에 소하정이 하던 대화를 멈추고 그에게 다가왔다.

그러자 한노가 빙그레 웃으며 말을 이었다.

"지금 도착하신 모양이야."

"아!"

"가지. 아니, 이쪽으로 오시는군. 그런데……."

武人還生
무인환생

한노가 고개를 갸웃거렸다.

느껴지는 인기척이 다섯밖에 없어서였다.

두 개의 기척이 비자 한노는 미간을 좁혔다.

"나가시죠, 객잔주님."

"그래!"

의아해하는 한노와 달리 아직 일행의 기척을 느낄 수준이 안 되는 채소강은 얼굴 가득 밝은 미소를 띠고서 소하정, 채소설과 함께 사당을 나섰다.

그리고 그 뒤로 흑휘가 하품을 하며 느릿하게 따랐다.

마치 당연히 돌아올 줄 알았다는 듯이 말이다.

"도련님!"

"또 아침 일찍 일어나 있었네. 잠은 좀 푹 자라니까."

"어디 다치신 곳은 없으세요? 내상을 입으셨다든가……."

"저번에도 말했지만 날 다치게 할 수 있는 이는 거의 없어."

인사보다 먼저 몸 곳곳을 살펴보는 소하정의 모습에 석진호가 정말 괜찮다는 듯이 두 팔을 펼쳐 보였다.

하지만 그런 그의 말에도 소하정은 못 들었다는 듯이 석진호를 빙빙 돌며 몸의 이곳저곳을 만져 보고 살펴봤다.

옆에 서 있던 북궁벽이 맞는 말이라는 듯이 고개를 주억거렸지만, 그녀의 눈에는 그 모습이 보이지 않았다.

"전쟁 때 눈먼 칼에 죽는 사람도 수두룩하다고 들었어요.

어디 붕대 감으신 건 아니죠?"

"그건 하수들 얘기고. 나는 달라."

"도련님도 사람이시잖아요. 칼에 찔리면 다치는 건 똑같죠."

"상대가 누구냐에 따라서 달라지긴 하지만, 안 죽는 건 아니지. 그래도 걱정할 거 없어. 멀쩡히 돌아왔으니까."

"저희도 왔습니다!"

안도의 한숨을 내쉬는 소하정을 향해 정마룡이 늘 그렇듯이 활기차게 인사했다.

그리고 그 옆에서 탁윤이 조용히 웃으며 고개를 숙였다.

"둘 다 다친 곳은 없지?"

"저희는 거의 구경만 해서요. 칼 한번 못 휘둘러 봤습니다."

"그래?"

"네. 가장 많이 한 일이 죽어라 뛰는 것이었어요."

딱 봐도 멀쩡해 보이는 두 사람의 모습에 소하정이 다행이라는 듯이 고개를 주억거렸다.

그런데 갑자기 소하정이 두 눈을 크게 뜨며 주변을 두리번거렸다.

보여야 할 두 사람이 보이지 않아서였다.

"두 아가씨들은? 혹시……?"

"관주님께서 사천당가에 보내셨어요. 우리는 괜찮지만 사

武人還生
무인환생

천당가에 다친 사람들이 많아서요."

"정확하게는 숭산에서 많은 사람들이 다치거나 죽었어요. 그래도 패색이 짙다가 승리해서 그런지 우리가 떠나올 때 분위기는 좋았어요."

"장난 아니었지."

광기도 그런 광기가 없었다는 듯이 정마룡이 말했다.

탁윤만큼이나 정마룡 역시 숭산에서 많은 걸 보고 느꼈다.

사람이 어디까지 잔인해질 수 있는지도 봤었기에 정마룡은 고개를 절레절레 저었다.

"다행이야, 정말 다행이야."

"객잔주님, 저희 밥해 주세요. 밤새 달려왔더니 배고파요."

컹컹!

주인들만큼이나 죽을 둥 살 둥 달려온 삼랑이들과 묵랑이, 빙랑이가 간절하게 짖었다.

밤새 뛰어온다고 아무것도 못 먹었기에 배가 고파서였다.

물론 그러면서도 흑휘에게 인사하고 애교 떠는 건 잊지 않았다.

"나도 좀 출출하네."

"조금만 기다려 주세요! 금방 만들어 드릴게요! 가자, 소설아!"

"네!"

출출하다는 석진호의 말에 소하정이 소매를 걷어붙였다.

궁금한 게 많았지만 그보다는 석진호의 허기를 채워 주는 게 먼저였다.

자고로 남자에게 밥심만큼 중요한 건 없기에 소하정은 채소설을 데리고서 곧장 부엌으로 향했다.

"우리도 일단 들어가자. 애들도 좀 씻기고."

흙먼지를 뒤집어써 때가 꼬질꼬질한 삼랑이들과 묵랑, 빙랑이를 가리키며 석진호가 말했다.

피풍의를 입고 있기는 했으나 자신도 씻어야 했기에 석진호는 일행을 해산시켰다.

"이따 보자고."

"차 한잔하지."

"네."

북궁혁과 북궁벽이 한노와 함께 멀어지는 걸 잠시 지켜본 석진호는 몸을 돌렸다.

오랜만에 자신의 처소로 가기 위해서였다.

그런 석진호의 어깨로 흑휘가 날렵하게 올라왔다.

냐아옹.

"고생 많았다, 흑휘야."

볼에 이마를 비비는 흑휘의 목을 긁어 주며 석진호가 빙긋 웃었다.

자신이 떠나 있는 동안 소하정을 누구보다 열심히 지킨 게 흑휘라는 걸 잘 알아서였다.

무인환생

한노도 있었고, 덕과 결도 은신해서 소하정을 호위했지만 가장 가까이에서 지킨 건 흑휘였다.

고롱. 고로롱.

오랜만에 느끼는 석진호의 손길이 좋은 모양인지 흑휘가 기분 좋은 소리를 내며 그동안 부리지 못했던 애교를 맘껏 부렸다.

석진호가 복귀했다는 소식에 석명일은 석미룡, 석비강과 함께 승천무관을 찾았다.

이미 숭산에서의 승전보가 중원 전체로 퍼진 상태였기 그는 석진호의 상태에 대해 누구보다 잘 알았지만 그럼에도 예의상 한 번 더 물었다.

"어디 다친 곳은 없고?"

"예."

"폭주한 역천마궁주가 무시무시했다던데."

석명일의 말에 석미룡이 눈을 빛냈다.

궁금한 게 많은데 아버지가 묻고 있어 참는다는 기색이었다.

그리고 그건 석명일의 옆에 앉은 석비강도 마찬가지인 듯 얼굴 가득 궁금한 기색을 띠었다.

"위협적이기는 했죠."

"그런 역천마궁주를 혼자서 때려잡았다고."

"예."

"대단하구나. 진짜 대단한 일을 했어!"

석명일은 연신 감탄하며 박수를 쳤다.

그 정도로 석진호가 한 일은 대단했다.

쌍존을 비롯해서 천하십대고수라 불린 위인들이 하지 못한 일을 눈앞에 있는 석진호가 했기에 석명일은 진심으로 감탄했다.

"허허허! 우리 가문에서 천하제일인이 나올 줄이야."

"저도 아직 믿기지가 않아요. 제 동생이 천하제일인이라니."

석명일만큼은 아니지만 석비강과 석미룡 역시 경탄을 멈추지 못했다.

그 정도로 석진호의 업적은 대단한 것이었다.

무가도 아닌 상가에서 천하제일인이 나온 것이었기에, 하물며 고작 약관의 나이로 중원무림에 우뚝 선 것이었기에 두 조손은 눈을 반짝거리며 석진호를 쳐다봤다.

하지만 그런 셋의 시선에도 석진호는 무덤덤했다.

"경사지. 엄청난 경사야! 당장 잔치를 열어야 할 일이지!"

석가장은 오래전부터 무력에 대한 욕심이 있었다.

돈을 버는 것보다 더 중요한 게 벌어 놓은 재산을 지키는 일이었다.

그런 만큼 자연스레 무력에 대해 욕심을 가질 수밖에 없었

무인환생

는데, 투자한 것에 비해 결과는 썩 좋지 않았다.

그런데 생뚱맞게 석진호라는 존재가 나왔고, 그 누구도 반박할 수 없는 천하제일인이 되자 석비강은 웃음을 멈출 수가 없었다.

"근데 주인공 표정이 왜 그래? 썩 좋아하는 거 같지 않은데."

"좋아할 만한 일이 아니니까."

"……천하제일인이 된 게?"

"응."

석미룡이 두 눈을 끔뻑거렸다.

이게 무슨 말인가 싶어서였다.

하지만 석진호는 천하제일인이라는 말에 딱히 감흥이 없었다.

전생 때 이미 한번 이루어 봤기에 별다른 느낌이 없었다.

그에게는 당연한 일이기도 했고.

오히려 약한 게 말이 되지 않았다.

'끝없는 환생에 절세의 무학. 거기다 수백, 수천 번의 환생으로 얻은 경험이 있는데 약하면 말이 안 되지. 더욱이 이번 생에는 행운도 많았는데.'

기연을 합치면 오히려 약해지는 게 어려울 지경이었다.

그런 만큼 석진호에게 천하제일인이라는 칭호는 딱히 대단하지 않았다.

"역시 내 손자로구나!"

반면 대수롭지 않아 하는 석진호의 모습에 석비강은 더욱 더 흡족한 미소를 지었다.

한쪽 분야에서 정점에 오른 이다운 면모를 보이는 게 아주 마음에 들어서였다.

부자라고 해서 다 같은 부자가 아니었다.

특히 졸부를 경멸하는 석비강에 있어 석진호의 태도는 너무나 훌륭했다.

"제 아들이기도 합니다."

"두 분 다 그만하세요. 제가 다 부끄럽네요."

석미룡이 슬쩍 두 사람을 제재했다.

기쁜 건 알겠지만 너무 과한 것 같아서였다.

석진호 역시 그걸 바라는 듯했고.

"흠흠! 좀 심하긴 했지?"

"그래도 기쁜 건 사실이지 않습니까? 우리 가문에서 천하제일인이 나왔는데요."

좀 과했다는 걸 느낀 모양인지 석비강과 석명일이 석진호의 눈치를 살폈다.

하지만 그러면서도 둘은 여전히 들뜬 기색이었다.

"역천마궁주가 죽었다고 하나 전쟁이 끝난 건 아닙니다."

"알고 있다. 오히려 지금이 더 위험할 수도 있다는 걸. 아마 역천마궁이 정리되면 더욱 혼란스러워질 거다."

武人還生
무인환생

석명일의 표정이 진지해졌다.

이기긴 했으나 상처뿐인 승리였다.

그마저도 석진호가 있었기에 가능했던.

때문에 온갖 문파들이 날뛸 게 분명했다.

'군웅할거의 시대가 도래하겠지.'

영영 무너지지 않을 것만 같던 구파일방과 오대세가가 크게 흔들리고 있었다.

그중 몇몇은 멸문에 가까운 피해를 입었고.

당장 무당파만 하더라도 본산이 함락당해 불탄 상태였다.

이런 기회를 승냥이들이 가만히 놔둘 리 없었다.

'나 역시 마찬가지고.'

석명일의 두 눈이 스산하게 빛났다.

본장을 빼앗기고 전력이 상당 부분 소실되었다고 하나 석가장은 무가가 아닌 상가였다.

사람은 잃었을지언정 돈은 그대로였다.

그렇기에 석명일은 금력을 이용해 과거보다 더욱 강력한 석가장을 만들 작정이었다.

'더욱이 지금은 천하제일인으로 불리는 석진호가 있지.'

휘하에 거두기는커녕 바짝 달라붙어야 했지만 그건 중요하지 않았다.

세인들이 석진호와 석가장을 따로 생각하지 않는다는 게 중요했다.

또한 그 역시 석진호와의 관계를 돈독하게 하기 위해 무엇이든 할 생각이었고.

　어쩌면 두 번 다시 오지 않을 기회일지도 몰랐기에 석명일은 작금의 상황을 최대한 이용할 생각이었다.

　"저 역시 같은 생각입니다."

　"그래서 오늘 본장으로 돌아갈 생각이다."

　"네?"

　생각지도 못한 말을 들어서일까.

　석미룡이 당혹스러운 표정을 지었다.

　하지만 이내 그녀는 고개를 주억거렸다.

　역천마궁주의 죽음과 함께 역천마궁의 세력은 빠르게 무너지고 있었고, 하북성의 경우 역천마궁의 무리가 거의 없다고 봐도 좋을 만큼 복귀해도 큰 위험은 없었다.

　"말없이 가는 건 아닌 것 같아서 들렀다. 겸사겸사 네 상태도 확인하고."

　"조심히 가십시오."

　"내 도움이 필요하면 언제라도 부담 없이 연락하거라."

　"알겠습니다."

　부자지간이라고 보기에는 너무나 삭막한 대화였으나 그럼에도 석명일은 웃었다.

　이렇게라도 끈이 이어져 있다는 게 중요해서였다.

　당장 석진호와 일대일로 대면할 수 있는 이들이 현 강호에

무인환생

몇 없다는 알기에 석명일은 싱글벙글한 얼굴로 일어났다.

"나는 남고 싶은데. 여기 풍광도 좋고 조용하고 아주 좋아."

"저 도와주셔야죠."

"이 나이 먹고 더?"

"아버지께서 도와주셨으면 합니다."

"끄응!"

석비강이 앓는 소리를 냈다.

머물다 보니 그는 황화현이 꽤 마음에 들었다.

조용하기도 했을뿐더러 마을 자체가 석진호와 승천무관에 고마움을 가지고 있어 지내는 게 그렇게 편할 수가 없었다.

게다가 잠잠한 바다를 보면서 오수에 빠지는 게 새로운 취미가 되었기에 더더욱 떠나고 싶지 않았다.

"별장이 있으니 나중에 언제라도 다시 돌아오실 수 있습니다."

"난 지금 머물고 싶은데."

"믿을 수 있는 사람이 필요합니다. 일손도 부족하고요."

"하아."

석비강이 결국 자리에서 일어났다.

저리 말하는데 계속 거절할 수가 없어서였다.

더구나 석진룡과 석기룡이 죽었기에 일손이 부족한 건 사실이었다.

"다음에 보자꾸나."

"조심히 가십시오."

"정리되면 놀러 올게."

"누나는 안 와도 돼."

"무조건 올 거거든!"

마지막까지 톡 쏘아 대는 석진호를 향해 석미룡이 도끼눈을 뜨며 말했다.

하지만 이내 그녀는 표정을 풀고서 석진호의 어깨를 다독이고는 할아버지와 부친을 따라 방을 나섰다.

"어머, 다들 가셨네요?"

"응. 전쟁은 도중에도 정신없지만 끝나고도 바쁘거든. 특히 준비된 자에게는 기회의 시기이기도 하니까 서두르는 게 좋지."

"도련님은요?"

"나 정도 되면 가만히 있어도 돼. 오히려 일이 안 꼬이게 조심해야 하지."

세 명이 찾아왔다는 소식에 간단하게 먹을 간식거리를 가지고 접객실을 찾은 소하정이 피식 웃었다.

거들먹거리는 게 이상하게 귀여워서였다.

남들은 천하제일인이라고 추켜세우지만 그녀에게 석진호는 여전히 아기 도련님이었다.

이제는 좀 크기는 했지만.

武人還生
무인환생

"도련님은 똑같은 거 같아요."

"그럴 수밖에. 난 예전에도 천하제일인이었거든. 알려지지 않았을 뿐이지."

너무나 당연하다는 듯이 말하는 석진호의 모습에 소하정이 살포시 웃었다.

거만한 말인데 이상하게 그녀에게는 귀엽게 보였다.

이제는 성년이 되었는데도 말이다.

"정말 대단하신 거 같아요. 어느 분야든 최고가 되는 건 엄청 어려운 일이잖아요."

"맞아. 재능만으로는 한계가 있지."

천재라고 해서 전부 다 최고가 되는 건 아니었다.

단지 출발선이 다른 것일 뿐.

그걸 누구보다 잘 알기에 석진호는 고개를 주억거렸다.

만약 그에게 환생이라는 특별한 능력이 없었다면 지금과 같은 힘을 얻지는 못했을 터였다.

'처음에는 행운이라고 생각했지만, 지금은 글쎄.'

환생을 처음 했을 때 석진호는 기뻤다.

죽음의 고통을 누구보다 온전히 느껴야 했지만 다시 도전할 수 있는 기회가 있는 것이나 마찬가지였으니까.

하지만 지금은 생각이 달라졌다.

행운인 건 맞지만 무한한 환생이 꼭 좋은 일만은 아니라고 말이다.

'만약 망각이 없었다면 미쳤을지도 모르지.'

지금처럼 담담할 수 있는 것도 버릴 건 버리고 지울 건 지울 수 있어서였다.

만약 모든 걸 다 기억해야 했다면, 거기에 원래 몸의 주인이었던 이의 기억까지 전부 다 기억해야 했다면 석진호의 영혼은 버티지 못했을 터였다.

'슬슬 새로운 경지로 넘어가기는 해야 하는데 말이지.'

저번에 얻은 단초로 방향은 잡은 상태였다.

다만 그걸 실현시키기가 쉽지 않을 뿐.

그래도 방향도 못 잡고 망망대해에 서 있는 것보다는 훨씬 나았다.

"저는 알아요. 도련님께서 얼마나 많이 노력했는지를요."

"지금도 열심히 노력하고 있어."

"그것도 당연히 알고 있죠. 근데 도련님, 아예 쫓아내신 건 아니죠?"

"하린이?"

"예."

소하정이 조심스럽게 물었다.

아무리 그녀가 석진호를 갓난아기 때부터 보며 똥 기저귀를 갈아 주었다고 해도 남녀 간의 일은 다른 문제였다.

이미 다 큰 성인이기도 했고.

그래서 그녀는 최대한 석진호가 기분 나빠하지 않는 선에

무인환생

서 물었다.

"팽 소저 때와는 상황이 달라. 그때는 팽 가주 때문에 나도 기분이 좀 상해 있었고, 또 가출이나 마찬가지인 상황이었으니까. 당연히 돌려보내는 게 맞지."

"그렇죠."

"하린이 같은 경우는 생각을 좀 해 보는 게 좋을 것 같아서. 이미 소문이 날 대로 났지만, 그래도 아직은 돌아갈 기회가 있으니까."

"하린 아가씨가 마음에 안 드세요?"

"솔직히 말하면 아직은 별생각이 없네. 연애를 해야 한다는 생각도 없고. 신경 쓸 게 워낙에 많아서 말이지."

소하정이 두 눈을 끔뻑거렸다.

무관을 운영하고 있기는 하나 석진호가 딱히 하는 일은 없었다.

그런데 바쁘다고 하자 그녀는 순간적으로 말문이 막혔다.

"정확하게 말하자면 아직 급한 건 아니니까."

"그래도 보통 도련님 나이면 한창 이성에 대해 관심이 많을 때인데……."

"난 좀 다르잖아."

"그것도 틀린 말은 아닌데……."

소하정이 석연치 않은 표정을 지었다.

확실히 석진호가 또래와 비교하면 다른 건 맞았다.

특별한 것도 맞았고.

하지만 남자가 아닌 건 아니었다.

"유모가 어떤 마음인지 알아. 하린이가 좋은 아이인 것도 알고. 근데 이런 문제는 신중해야 한다고 생각해서. 남녀가 만났다가 헤어지는 건 자연스러운 일이지만 나나 하린이는 평범한 집안은 아니니까. 그래서 한 번쯤은 서로가 생각할 시간이 필요하다고 생각했어."

"그런 의미였군요."

소하정이 빙그레 웃었다.

마치 잘 자란 아들을 보듯 아주 흡족한 표정을 지었다.

어떤 의미로 당하린을 본가로 보냈는지 이제야 이해했던 것이다.

그러면서 역시 석진호라는 생각이 들었다.

'속이 아주 깊으셔. 그런 것까지 세심하게 신경 쓰실 줄이야.'

소하정은 더 이상 걱정하지 않았다.

자신이 염려하지 않아도 석진호가 알아서 잘할 것임을 확신할 수 있어서였다.

동시에 이런 석진호의 배려를 당하린이 안다면 절대 포기하지 않을 거라 생각했다.

어쩌면 석진호의 마음을 알기에 더 이상 묻지 않고 사천당가에 간 걸지도 몰랐다.

무인환생

'누가 키웠는지 참 잘 키웠네, 호호호!'

입가에 절로 떠오르는 미소를 애써 지우며 소하정이 자리에서 일어났다.

원하는 것도 얻었으니 물러나려는 것이었다.

"표정이 마치 내 엄마라도 된 것 같은데?"

"어떻게 아셨어요? 정말 잘 크셨어요. 호호! 이 모습을 주인님께서 보셨으면 얼마나 좋았을까요."

"잘 보고 계실 거야."

"점심은 기대해 주세요. 윤이가 오랜만에 초대하를 잡아온다고 하니 다 같이 푸짐하게 먹어요. 궁주님도 곧 돌아가신다는데 황화현의 명물은 맛보고 가셔야죠."

소하정이 두 주먹을 불끈 쥐었다.

왠지 모르게 의욕이 넘치는 그녀의 모습에 석진호는 고개를 끄덕였다.

"좋은 추억을 만드는 것도 나쁘지 않지."

"기대해 주세요. 제대로 실력 발휘할 테니까요."

"알았어."

거하게 한 상을 차릴 듯한 분위기로 빠르게 접객실을 나서는 그녀를 바라보며 석진호는 피식 웃었다.

저 기세면 진짜 진수성찬을 넘어 상다리가 부러질 정도의 음식이 나올 가능성이 컸다.

삭월이 은은하게 빛을 발할 때 석진호는 뒷마당으로 나왔다.

그러고는 뒷짐을 진 채로 어느 한곳을 응시했다.

"나와라."

"언제 불러 주시나 기다리고 있었습니다."

스르륵.

석진호의 시선이 닿은 곳에서 하나의 인영이 모습을 드러냈다.

바로 소림사에서 범율과 대화를 나누던 노인이었다.

"이제는 그만 찾아올 때도 된 것 같은데."

"역시 계속해서 이어지고 있었군요."

노인, 비성곡주가 빙그레 웃었다.

지금의 말에서 그는 많은 걸 알 수 있었던 것이다.

하지만 석진호는 할 말이 많지만 할 수 없다는 표정을 지었다.

지금껏 비성곡이 만난 인물이 동일 인물이라는 말을 할 수가 없어서였다.

"사라질 무맥은 아니지."

"맞습니다. 패왕의 맥은 절대 쉽게 끊어질 리가 없지요."

"너희도 이제는 제 갈 길을 가면 좋을 것 같은데 말이지."

석진호는 비성곡의 시조였던 이를 떠올렸다.

정확하게는 과거 충직했던 시종을 말이다.

武人還生
무인환생

말이 시종이지 사실은 의동생이나 마찬가지였다.

늘 혼자였던 그가 유일하게 가족이라고 생각했던 이가 바로 초대 비성곡주였다.

'애가 너무 고지식하고 우직해서 탈이었지. 무재도 썩 좋지 않았고.'

지금의 석진호와 달리 무한히 환생할 때마다 그는 늘 혼자였다.

일가친척 하나 없이 천애 고아의 몸으로만 환생했었다.

그렇다 보니 친구도 없었고, 동료도 없었다.

오직 강해지는 것만 생각했기에 주변을 돌보지도 않았다.

그런 그에게 초대 비성곡주는 유일하게 가족이 아니지만 가족이라고 할 수 있는 인물이었다.

또한 함께 숱한 사선을 넘기도 했고.

'처음으로 내가 무공을 가르쳐 준 아이이기도 했지.'

완벽하지는 않을지라도 지금의 혼원천뢰신공은 완성되어 있는 무공이었다.

하지만 초대 비성곡주와 함께 다닐 때에는 그러지 못했다.

아직은 만들어 나가는 중이었고, 초대 비성곡주에게 가르쳐 준 진뢰일기공(眞雷—氣功) 역시 마찬가지였다.

그러나 중요한 건 진뢰일기공이 혼원천뢰신공과 같은 뿌리에서 나왔다는 사실이었다.

'덕분에 마치 형제를 만난 것처럼 일정 거리 안에 있으면

공명을 하지.'

숭산 소림사에서 비성곡주가 석진호를 느낀 것처럼 석진호 역시 노인을 느꼈다.

비성곡의 후예가 가까운 곳에 있다는 사실을 말이다.

그럼에도 석진호가 알은체를 하지 않고 떠난 건 이제는 각자의 길을 갔으면 싶어서였다.

"그럴 수 없습니다. 어찌 사람으로 태어나 은혜를 잊을 수 있겠습니까!"

"고지식한 성격은 혈통 특색이냐. 어떻게 맨날 똑같은 말을 하냐."

"예?"

"혼잣말이야. 근데 너희는 답답하지도 않나? 그냥 너희 마음대로 살아도 되잖아. 언제까지 선조의 맹약을 이행할 건데? 이제는 그만하고 너희 하고 싶은 대로 해. 이제는 인원도 좀 되잖아?"

처음에는 의동생 한 명이었지만 세월이 흐를수록 비성곡의 인원은 점차 늘어났다.

세력을 키우고자 하지 않았기에 대부분이 혈족이었는데, 그게 세월이 흐르자 점점 늘어나 전생에서 마주쳤을 때는 서른 명가량 되었다.

전투 인원만 해서 그 정도였고 무공을 배우고 있는 아이들까지 합치면 거의 두 배 가까이 늘었다.

집성촌처럼 점점 인원이 불어났던 것이다.

"맹약은 계속 지켜야 한다고 생각합니다. 선조께서 바라신 게 그것이고, 저희의 생각 역시 같습니다."

"애들 생각도 들어 봐야지. 혈기 왕성한 아이들을 가둬 두면 애들이 좋아하겠어? 강호에 나와서 무명도 떨치고 별호도 얻고, 그런 재미가 있어야지."

"그 어떤 것도 맹약보다 중요하지는 않습니다."

"하아."

우직함을 넘어 답답한 비성곡주의 대답에 석진호는 고개를 절레절레 저었다.

하지만 비성곡주의 두 눈은 흔들림이 없었다.

그와 비교하면 한참이나 어린 석진호가 하대를 했음에도 전혀 불편한 기색을 띠지 않았다.

오히려 오래 떨어져 있던 가족을 만난 듯 얼굴 가득 반가운 기색을 띠었다.

"저희는 언제까지나 기다리고 모실 것입니다."

"내가 싫다니까?"

"보이지 않는 곳에 있겠습니다."

"답답하네. 자유롭게 살라고 해도 왜 말을 안 들어?"

"제가 불편하시다면 물러나겠습니다."

석진호는 이해할 수가 없다는 표정을 지었다.

무공도 낮지 않은 녀석들이 이러는 게 도무지 이해가 가지 않았다.

막말로 당장 눈앞에 있는 비성곡주만 하더라도 쌍존보다 훨씬 강했다.

그런데 자기 뒤치다꺼리를 하겠다니 석진호는 어이가 없었다.

"근처에 있을 거 아냐."

"그렇습니다."

비성곡주가 당연하다는 듯이 대답했다.

인연이 닿지 않았다면 모를까, 이렇게 마주한 이상 석진호를 모셔야 하는 건 당대 비성곡주로서 당연히 해야 할 일이었다.

"안 해도 된다니까?"

"은혜를 갚아야 합니다."

"필요 없다니까?"

"언젠가는 꼭 저희가 필요하실 때가 있으실 겁니다."

손을 휘휘 젓는 석진호의 말에도 비성곡주는 단호하게 대답했다.

석진호의 무위를 모르는 건 아니지만 살다 보면 의외로 자질구레한 일들을 해 줄 이가 필요했다.

물론 승천무관에 그런 이들이 있다는 건 알지만 비성곡주가 보기에는 실력이 턱없이 부족했다.

석진호를 보필하기에는 말이다.

"그럴 일이 있을 것 같아?"

"혹시 모르니까요."

"왜 쓸데없는 성격을 물려받아서는."

"절대 주군께 폐를 끼치지 않겠습니다. 지금처럼 있는 듯 없는 듯 지내겠습니다."

비성곡주가 아예 걱정할 거리를 만들지 않겠다는 듯이 말했다.

자신 있다는 듯이 말이다.

하지만 그 말에 석진호는 골치가 아파 왔다.

"누가 주군이라는 거야. 난 너 처음 보는데."

"인연이 닿은 순간부터 저의 주군이십니다."

"내가 원하지 않는다니까!"

석진호의 고성에도 비성곡주는 특유의 무뚝뚝한 표정으로 묵묵히 서 있었다.

근데 그 모습에 의동생을 빼다 박았다.

보는 순간 절로 떠오를 정도로 말이다.

그래서 석진호는 더 몰아붙일 수가 없었다.

"제가 거슬리시면 이만 물러나겠습니다. 죄송합니다."

"모습만 안 드러내고 근처에 있을 거 아냐."

"……."

이렇게 마주친 적이 벌써 열 번이 넘었다.

그럴 때마다 석진호는 온갖 방법을 다 써 봤다.

하지만 아무리 어르고 달래도 결과는 늘 똑같았다.

특유의 충직함을 물려받은 비성곡주들은 늘 그의 주위를 맴돌았다.

"어떻게 하면 그 질긴 맹약을 끊을 수 있을까?"

"비성곡이 사라지기 전까지, 저희 가문의 맥이 끊어지기 전까지는 계속 이어질 거라고 생각합니다."

"어후."

결국 끝까지 모시겠다는 말에 석진호는 한숨만 나왔다.

그러나 이 이상 더 나무라지는 않았다.

답답해서 짜증을 낸 것이지 비성곡주가 잘못한 건 없었다.

문제가 있다면 융통성과 욕심이 너무 없다는 것이었지.

"불편하시면 이만 물러나겠습니다."

"뭘 물러나. 이미 만난 마당에. 방 하나 내줄 테니 여기서 머물러. 맹약에 대한 건 차근차근 대화 좀 해 보자."

"알겠습니다."

시키는 대로 따르겠다는 듯이 비성곡주가 바로 대답했다.

아무것도 묻지 않고 말이다.

"통성명도 못 했네. 이름이 뭐야?"

"엄유강이라고 합니다."

"일단 쉬어. 서로 생각 좀 정리하고 대화하자. 방은 저기 쓰면 된다."

"예."

무인환생

가볍게 허공답보를 펼치며 창문으로 들어가는 엄유강의 뒷모습을 보며 석진호는 자기도 모르게 손으로 얼굴을 쓸었다.

저런 무위를 가지고 있으면 자기 잇속을 챙겨도 되는데 왜 안 그러는지 답답했다.

명성을 얻지 못해서 안달 난 이들이 강호에는 수두룩한데 말이다.

"이제는 그만 보고 싶은데 말이지."

대를 이어 저렇게 맹약을 지키는 건 정말 고마운 일이었다.

아무리 은혜를 입었다고 하나 시간 앞에서는 빛이 바래는 법이었는데 엄씨 가문은 그런 게 없었다.

그게 고맙기도 하지만 이제는 부담이 되었다.

"할 일이 하나 더 늘었군."

지금껏 설득하는 걸 실패했지만 근성이라면 어디 가서 뒤지지 않는 게 그였다.

그렇기에 이번만큼은 반드시 설득할 생각이었다.

대부분의 사람들이 잠들어 있을 새벽에 석진호는 처소를 나섰다.

승천무관에서 연습용으로 사용하는 검 한 자루를 챙기고서 말이다.

동녘이 어슴푸레하게 밝아 오는 걸 바라보며 뒷마당으로

걸어가자 익숙한 뒷모습이 보였다.

"갑작스러운 부탁임에도 거절하지 않고 받아 줘서 고맙네."

"궁주님께 받은 도움에 비하면 별거 아닙니다."

"도움이라. 사실은 내가 가고 싶어서 간 것이었는데 말이지."

북궁벽이 씨익 웃었다.

단 두 명의 호위 무사를 데리고 중원에 내려온 것도, 그리고 역천마궁주를 찾아간 것도 다 호기심을 참지 못해서였다.

승천무관에 온 건 한노의 보고서 때문이었고, 역천마궁주는 때마침 혈겁을 일으켰기에 겸사겸사 숭산에 간 것뿐이었다.

"결과적으로 도움을 받은 건 사실이니까요. 한 노야도 그렇고, 두 명의 호위 무사도 그렇고."

"그리 생각해 주면 나야 고맙네만. 허허! 근데 새로운 손님이 왔던데?"

"인연이 좀 있는 사람입니다."

"조금의 인연이라. 그러기에는 실력이 무시무시하던데?"

마주치지 않았지만 그렇다고 느끼지 못하는 건 아니었다.

어떻게 보면 승천무관에서 엄유강의 실력을 석진호를 제외하면 가장 잘 느낀 게 북궁벽이었다.

그래서 그는 의미심장한 얼굴로 석진호에게 말했다.

"확실히 범상치 않기는 하죠."

무인환생

"왜 여태껏 이름이 알려지지 않았는지 의아할 정도더만."

"스스로가 원치 않아서요."

"잘 아는 걸 보니 꽤 깊은 인연인 것 같군."

"질긴 인연이기는 하죠."

만날 때마다 어김없이 모시겠다며 따라붙던 전생의 비성곡주들을 떠올리며 석진호는 한숨을 내쉬었다.

그러나 똥고집이 심하긴 해도 다들 성격은 순박했다.

대단한 무위를 가지고 있다고 믿기 힘들 정도로 말이다.

'조금은 영악해도 될 것 같은데 어찌 후손들 중에 그런 아이가 하나도 없는지.'

귀찮지만 미워할 수 없는 비성곡주들을 떠올리며 석진호는 고개를 저었다.

그러면서 다시 한번 다짐했다.

이번에는 반드시 설득시키고야 말겠다고 말이다.

"점점 용담호혈이 되어 가는 것 같아. 석 관주만 하더라도 감당할 사람이 없는데 어젯밤의 손님까지 함께하면……."

"떠나실 겁니까?"

엄유강에 대해서 더는 말하고 싶지 않았기에 석진호는 화제를 돌렸다.

느낌이 비무가 끝나는 대로 떠날 것 같아서였다.

"너무 오래 떠나 있었지 않나. 이제 그만 돌아가야지. 내 자리는 북해에 있으니까. 그리고 이곳에 더 머물면 아무래도 이런저런 말들이 나올 게 뻔하니까."

역천마궁주를 처치하는 데 혁혁한 공을 세운 북궁벽이지만 그 사실을 중원인들이 마냥 좋아하지만은 않을 거란 걸 그는 잘 알았다.

사람 마음이란 게 뒷간에 들어가기 전과 나온 후는 극명하게 달랐다.

앞에서는 고맙다고, 감사하다며 연신 고개를 숙이더라도 뒤로는 딴생각을 품고 있을 게 뻔했다.

그게 정의를 부르짖는 정도무림이라고 해도 말이다.

"아무래도 고마움은 잠시뿐이겠죠."

"참 볼수록 스무 살 같지가 않단 말이지."

"그런 말은 많이 듣습니다."

"뭐, 애초에 그런 무위를 가진 것부터가 말이 안 되긴 하지만."

북궁벽은 더 이상 묻지 않았다.

물어본다고 대답해 주지도 않겠지만 진짜 궁금하지 않아서였다.

그저 있는 그대로 보는 게 가장 속 편했기에 북궁벽은 조금 긴장한 기색을 띠며 말을 이었다.

"아무래도 조용한 곳에 가서 하는 게 낫겠지?"

"어디를 가든 비슷하지 않겠습니까. 일단 실내는 절대 안 되고요."

무인환생

"당연히 안 되지. 천하의 그 어떤 곳도 충격을 버티지 못할 테니까. 흐음, 이것 참 고민이군."

"근처 뒷산 공터에서 하면 될 것 같습니다. 목장과 과수원, 텃밭에 직접적인 여파가 가면 안 돼서."

석진호가 뒷산을 바라봤다.

삼랑이를 비롯하여 늑대들의 놀이터가 된 곳을 말이다.

가끔 흑휘도 가서 사냥을 해서 그런지 주위의 산들에 비해 유독 짐승들이 적은 게 뒷산이었다.

까마귀를 비롯한 새들도 흑휘와 미호 때문인지 은연중에 뒷산에는 얼씬도 하지 않았다.

"하긴. 충격파는 덕이나 결이 어느 정도는 상쇄시킬 수 있으니까."

"가시죠."

결정이 나자 석진호는 곧바로 움직였다.

오랫동안 기다렸을 북궁벽을 배려하는 것이었다.

잠시 후 뒷산 중턱에 위치한 작은 공터에 도착한 석진호는 뒤이어서 땅에 내려서는 북궁벽을 응시했다.

그런데 북궁벽의 표정이 평소와 달랐다.

"후우."

여유 넘치는 표정이 아니라 한껏 긴장한 얼굴이었던 것이다.

역천마궁주와 싸울 때도 긴장하지 않았던 그가 지금은 심호흡을 하고 있었다.

　그것도 두 눈을 감고서 말이다.

　'딱 한 번. 단 일 수면 충분해.'

제64장 영웅은 개뿔

　석진호의 무위를 누구보다 가장 잘 아는 이가 바로 그였다.

　그런 만큼 북궁벽은 많은 공방을 주고받을 필요가 없다고 생각했다.

　역천마궁주를 벨 때 보여 주었던 그 일 검.

　그걸 받아 낼 수 있느냐 없느냐가 중요했다.

　'단 일격에 내 모든 걸 담아야 한다.'

　석진호가 역천마궁주를 벨 때 보여 주었던 초식을 북궁벽은 오는 내내 복기했다.

　어떻게 하면 막을 수 있을지, 그리고 받아치는 것만 생각했다.

하지만 늘 답은 같았다.

모든 것을 쏟아부어도 확률은 반반이었다.

'피해도 안 돼. 피하는 순간 베인다. 무조건 부딪쳐야 해.'

석진호가 보여 준 일 검은 피한다고 해서 피할 수 있는 게 아니었다.

전설에나 나오는 축지법을 펼치지 않는 이상 석진호의 검이 닿는 권역에서 빠져나오는 건 불가능했다.

그렇다면 답은 정면 돌파밖에 없었다.

웅웅웅!

거기까지 생각이 닿았을 때 그의 단전에서 막대한 진기가 일어났다.

북해빙궁 최고의 절학이자 북해제일공이라 불리는 신공, 빙백신공을 극성으로 일으킨 것이었다.

이윽고 그의 몸을 중심으로 얼음 폭풍이 거세게 일어났다가 잠잠해졌다.

폭풍 전의 고요처럼 북궁벽의 진기가 압축되고 또 압축되었다.

"나는 준비 다 됐네."

"알겠습니다."

"혹시나 해서 하는 말인데, 나를 위한답시고 힘을 빼거나 위력을 조절하지 말게. 내가 자네의 그 검초를 두 번이나 본 거 알고 있지?"

무인환생

"물론입니다. 최선을 다해 펼칠 겁니다."

"좋군."

진지한 석진호의 눈빛에 북궁벽이 만족스러운 표정을 지었다.

정말 진심으로 펼치려 한다는 것을 알 수 있어서였다.

그리고 무인이라면 당연히 저래야 했다.

그게 상대방에 대한 예의였다.

스르릉.

선물로 받은 두 자루 검은 역천마궁주를 잡으면서 다 박살 났기에 석진호는 승천무관에 있는 연습용 청강검 한 자루를 들고 왔다.

날이 없는 연습용 검이었지만 중요한 건 그 검을 석진호가 들고 있다는 점이었다.

그렇기에 천하의 그 어떤 절세보검 못지않은 예기가 검신에서 흘러나왔다.

꿀꺽!

날이 서지 않은 검임에도 불구하고 무시무시한 예기를 흩뿌리는 연습용 청강검의 모습에 북궁벽이 마른침을 삼켰다.

단순히 검을 뽑은 것뿐인데도 무지막지한 위압감이 느껴져서였다.

생전 처음 느껴 보는 무시무시한 위압감이었지만 북궁벽은 자기도 모르게 미소를 지었다.

이 긴장감이 너무나 좋아서였다.

'역천마궁주하고는 비교도 안 되는군.'

숭산에서 만났던 역천마궁주 역시 엄청난 기파를 뿌려 댔었다.

하지만 역천마궁주는 단순히 공력이 많아 자신이 감당하지 못해 흩뿌리는 듯한 느낌이 강했다.

완벽하게 제어하지 못하는 느낌이라고나 할까.

하지만 석진호는 달랐다.

정제된 기운을 완벽하게 통제하고 있었다.

"가겠습니다. 초식명은 무광입니다."

"빛이 없다라. 참으로 어울리는 이름이로고."

두 번이나 직접 견식했기에 북궁벽은 자기도 모르게 고개를 주억거렸다.

무광이라는 이름이, 빛이 없는 절망을 뜻하는 것 같아서였다.

그리고 그 이름에 검초는 더할 나위 없이 어울렸다.

스윽.

집약된 기운이 연습용 검에 서린 순간 북궁벽은 일순 빛이 사라졌다고 생각했다.

한순간 눈앞에 어둠이 내려앉은 듯한 느낌이 들었던 것이다.

그러나 그것을 깨닫는 것과 동시에 북궁벽은 준비하고 있던 초식을 뿌렸다.

빙백신공의 오의이자 그가 깨달은 비의를 본능적으로 펼쳤던 것이다.

쩌어어엉!

빙백신공의 최후 절초인 빙광파천황(氷光破天荒)이 허공에서 석진호의 검초와 격돌했다.

그러자 세상이 뒤집혔다.

어둠과 백광이 뒤섞이며 하늘이 일렁이고 지축이 뒤흔들렸다.

"크으윽!"

동시에 북궁벽의 의복이 갈가리 찢어졌다.

전심전력을 다해 빙백신공의 최후 초식을 펼쳤음에도 석진호의 무광을 완벽하게 튕겨 내지 못한 것이었다.

하지만 순식간에 피투성이가 되긴 했으나 다행스럽게도 상처가 그리 심하지는 않았다.

투둑. 투두둑.

충돌의 여파로 생긴 거대한 구덩이에 하늘로 솟았던 흙더미가 떨어져 내렸다.

그런데 이것도 약화된 것이었다.

충돌 직후 석진호가 폭발을 하늘로 유도했기에 이 정도 선에서 그친 것이지 만약에 그렇게 하지 않았다면 공터가 아니라 뒷산이 날아갔을 터였다.

"괜찮으십니까?"

"아아, 살갗만 베인 것이네. 이 정도 상처야 상처라고 할 수도 없지. 만약 자네가 마지막에 궤적을 비틀지 않았다면 전신이 찢겼을 텐데 이 정도는 아무것도 아니지."

북궁벽이 호탕하게 웃었다.

결과적으로 그의 완패였지만 기분이 나쁘지는 않았다.

오히려 개운했다.

지루했던 삶에 한 줄기 광명이 찾아온 느낌이랄까.

그래서인지 북궁벽의 눈빛은 비무 전보다 훨씬 초롱초롱하게 빛났다.

"서로 위험할 것 같아서요."

"자네는 안 위험했을 것 같은데."

"다치면 잔소리할 사람이 있는지라."

"하핫! 그렇긴 하군."

소하정을 떠올리며 북궁벽이 고개를 끄덕였다.

승천무관에 얼마 머물지는 않았지만 그녀의 유난스러움에 대해서는 잘 알고 있었다.

또한 어떤 마음으로 석진호를 대하는지도 알았기에 북궁벽은 이해한다는 표정을 지었다.

"바르시죠. 사천당가에서 만든 금창약이라 효과가 좋습니다."

"거절하지 않겠네."

석진호가 건네는 금창약을 바르면서도 북궁벽은 연신 웃었다.

새롭게 생긴 목표에 들뜬 것이었다.

'북해에 있었다면 이런 자극을 받지 못했겠지.'

북궁벽은 북해의 지배자이자 주인이었다.

늘 최고였고, 앞으로도 최고일 것이다.

그래서 그는 늘 외로웠다.

절대자의 고독이 그를 괴롭혔던 것이다.

하지만 지금은 달랐다.

비록 죽었지만 역천마궁주가 있었고, 석진호가 있다.

특히 석진호의 존재가 아주 좋은 자극제가 되었다.

'반드시 뛰어넘는다.'

북궁벽의 두 눈에서 불꽃이 이글이글 타올랐다.

그러나 그건 창졸간에 사라졌다.

이 열의는 여기에서 태워선 안 되었다.

그렇기에 북궁벽은 흥분을 가라앉혔다.

"치료하고 출발하시는 게 낫지 않겠습니까."

"이미 인사는 다 했네. 자네가 마지막이지. 원래 이별 인사는 짧을수록 좋은 것이기도 하고."

"그렇긴 하죠."

"자네 덕분에 좋은 경험 하고 가네. 나중에 시간이 나면 북해에 한번 놀러 오게. 사람들은 꽁꽁 얼어붙은 얼음 들판만 생각하지만 북해 역시 사람 사는 곳일세. 조금 척박할 뿐 중원과 크게 다르지 않으니 좋은 경험이 될 걸세."

"기억해 두겠습니다."

북해에서 살아 본 적이 있었지만 석진호는 일단 알겠다고 했다.

자신은 가 봤지만 소하정이나 다른 아이들은 아니었기 때문이다.

"그때는 내가 주인으로서 대접해 주겠네. 기대해도 좋을 것이야."

"알겠습니다."

"그럼 다음에 보지."

괜히 사천당가산 금창약이 아닌지 순식간에 피가 멎은 북궁벽이 씨익 웃으며 말했다.

그런 그의 곁으로 어느새 덕과 결이 모습을 드러냈다.

"조심히 가십시오."

"너무 참지 말게, 후후후!"

의미를 알 수 없는 말과 함께 북궁벽이 몸을 돌렸다.

이윽고 그의 신형이 순식간에 사라졌다.

"갈 때도 민폐를 끼치고 간다니까."

"표정은 아쉬워하는 표정인데?"

"그럴 리가."

귀신처럼 나타난 북궁혁이 단호하게 고개를 저었다.

속이 편하면 편했지 절대 아쉽지 않아서였다.

태어나면서 북해를 떠나기 전까지 질리게 본 건 부친이었기에 북궁혁은 격렬하게 고개를 흔들었다.

"근데 너는 이렇게 오랫동안 떠나 있어도 되는 거냐?"

"응. 북해도 사람 사는 곳이기에 사건 사고가 끊이질 않긴 하지만 중원만큼 시끄럽지는 않아. 본궁이 워낙 강력하기도 하고. 아버지와 내가 둘 다 떠나 있는 건 문제가 되지만, 둘 중 한 명만 있어도 굴러가는 데 전혀 지장은 없어."

"이번에는 둘 다 내려와 있었잖아?"

"여동생이 있거든. 그 아이가 나름 야무져. 아마 남자로 태어났으면 나와 후계 다툼을 벌였을 거야. 물론 그래도 이기는 건 나였겠지만."

여동생하고 사이가 좋은 모양인지 북궁혁이 입가에 미소를 지었다.

그런데 그 모습이 석진호에게는 상당히 낯설었다.

"너 여동생 있었어?"

"응. 내가 말 안 했던가?"

"안 했는데."

"뭐, 이번에 알게 되면 됐지. 나보다 네 살 어려. 아직 애기지, 애기."

석진호가 고개를 갸웃거렸다.

네 살 차이면 육체적으로는 성인과 별다를 바가 없어서였다.

하지만 딴죽을 걸지는 않았다.

오빠 입장에서야 여동생이 애기처럼 보일 수도 있는 것이니까.

"고생이 많았겠네."

"내가 진짜 고생 많았지. 고 땡깡쟁이를 생각하면……."

"여동생이 고생을 많이 했을 것 같은데. 널 오라비로 뒀으니."

"뭐야?"

북궁혁이 발끈했다.

아무리 친우라지만 이건 납득할 수 없는 발언이었다.

"너도 인정하니까 발끈하는 거 아냐?"

"그럴 리가!"

"아니면 말고."

툭.

석진호가 검병만 덩그러니 남은 연습용 철검을 바닥에 던졌다.

그런데 놀랍게도 그 순간 형태를 유지하고 있던 검병이 바스러지며 먼지로 화했다.

"……무시무시하네. 도대체 반동이 어느 정도이기에 검이 남아나질 않는 거야?"

"집중된 힘이 그만큼 크니까."

"그래도 어느 정도는 따라잡았다고 생각했는데……."

언제 흥분했냐는 듯이 북궁혁이 시무룩한 표정을 지었다.

아무리 복기해도 역천마궁주를 베었던 초식을 막아 낼 방도가 떠오르지 않아서였다.

"시간은 많다."

"그건 너도 마찬가지잖아."

"그래서 포기할 거야?"

"전혀! 반드시 추월해 주마!"

언제 기죽었냐는 듯이 북궁혁이 두 눈을 형형하게 빛냈다.

따라잡을 수 있을 거라는 보장은 없었지만 그럼에도 그는 포기할 생각이 없었다.

죽는 그날까지 계속 노력하고 또 노력할 생각이었다.

"그래."

투지를 불태우는 북궁혁과 함께 석진호는 승천무관으로 향했다.

그런 두 사람의 등 뒤로 동이 터 오고 있었다.

창문 하나 없이 사방이 꽉 막힌 밀실로 사람들이 들어왔다.

수행원은 밀실 밖에 남겨 두고서 각 문파와 가문의 수장이 하나둘 의자에 앉았다.

그런데 원탁에 앉은 이들의 표정이 하나같이 심상치 않았다.

"다 온 것 같구려."

"오지 않은 이들은 우리와 생각이 다르다는 것이겠지요."

이 자리를 만든 종남파 장문인, 소자욱이 좌중을 둘러봤다.

그러나 그에게 호감을 보이는 이들은 얼마 없었다.

대부분이 일단 말이나 들어 보자는 듯한 태도였다.

하나 그 모습을 보고도 소자욱은 미소를 지었다.

'일단 이 자리에 나왔다는 것 자체가 조급하다는 걸 뜻하니까.'

짐짓 여유로운 척하고 있었지만, 그는 알았다.

다들 전전긍긍하고 있다는 사실을 말이다.

역천마궁과의 전쟁에서 승리했지만 그렇다고 평화가 찾아온 건 아니었다.

어떻게 보면 진짜 전쟁은 지금부터가 시작이었다.

"다들 알고 계실 거외다. 전쟁에서 이겼으나 그게 끝이 아니라는 사실을 말이오."

"승리했지만 우리가 쟁취한 것은 아니지요."

거의 멸문하다시피 한 공동파의 장문인이 말을 받았다.

그러면서 그는 소자욱과 눈빛을 교환하는 걸 잊지 않았다.

무인환생

"전쟁에서 승리한 건 분명 기쁜 일이오. 다만 문제는 역천 마궁주를 쓰러뜨린 게 천룡검제라는 사실이오."

"북해빙궁주가 큰 역할을 하긴 했으나 그는 어차피 북해의 사람이지요. 그리고 현재 북해로 돌아가는 중이고요."

"이건 좋지 않습니다."

황보궁에 이어 몇몇 문파의 수장들이 말을 이었다.

역천마궁주를 잡아 준 건 고맙지만 그렇다고 석진호와 승 천무관의 영향력이 커지는 건 원치 않았다.

가뜩이나 자신들의 피해가 큰 상태에서는 더더욱 말이다.

특히 모용천의 경우 이번 전쟁에서 혁혁한 전공을 세우며 모용세가를 재건하려 했기에 몇몇 가주들은 근심 어린 표정 을 지었다.

"여러분의 말도 일리는 있소. 그러나 과연 그게 옳은 일인 가 한번 생각해 볼 필요는 있다고 생각하외다."

소자욱이 짐짓 점잖은 어조로 말하며 원탁에 앉은 이들과 한 명씩 눈을 맞췄다.

하지만 사실 그 역시 이들과 같은 생각이었다.

이미 당대의 천하제일인으로 인정받고 있는 게 석진호였 다.

그런 그가 권력까지 탐한다면 현재의 구파일방이나 오대 세가는 끌려갈 수밖에 없었다.

'절대 그렇게 놔둘 순 없지.'

과거에 그랬듯이 앞으로도 정도무림을 주도해야 하는 건 구파일방과 오대세가를 비롯한 명문 세가와 대문파들이었다.

근본도 없는 상가의 서출 따위의 지배를 받는다는 건 말도 되지 않았기에 소자욱은 이 자리를 만들었다.

자신과 같은 생각을 가진 이들이 분명히 있을 거라고 생각했으니까.

그리고 그 예상은 틀리지 않았다.

많은 이들이 급격히 커진 석진호의 영향력에 대해 두려움을 가지고 있었다.

다들 자신이 손에 쥐고 있는 기득권을 놓치려 하지 않았던 것이다.

"한 명이 너무 큰 힘을 가지고 있는 건 좋지 않습니다. 만약 천룡검제가 삿된 야망을 품는다면 제이의 혈겁이 일어날 수도 있습니다."

"충분히 그럴 수 있지요. 사람 마음이라는 게 어떻게 변할지 아무도 모르니까요."

"북해빙궁과도 인연이 있다는 걸 다시 한번 짚어 봐야 합니다. 만에 하나 북해빙궁을 끌어들여 천하를 도모하려 할 수도 있습니다."

"허어!"

여기저기에서 장탄식이 흘러나왔다.

곰곰이 생각해 보니 그럴 수도 있다는 생각이 들어서였다.

武人還生
무인환생

거기다 석진호는 비록 서출이기는 하나 중원 상계의 거목인 석가장 출신이었다.

즉, 무력과 금력을 전부 다 쥐고 있는 만큼 충분히 천하 정복을 욕심 낼 수 있었다.

"이렇게 생각해 보니 충분히 가능성이 있는 것 같습니다."

"역천마궁의 발호를 내심 반겼을 수도 있습니다."

"지금까지 무위를 숨기고 있었다는 것도 생각해 봐야 합니다. 왜 숨겼겠습니까? 다 이유가 있지 않겠습니까?"

원탁이 일순 뜨거워졌다.

각자 그동안 품고 있던 의심들을 모조리 쏟아 냈던 것이다.

그 말들을 소자욱은 조용히 들었다.

"한 가지 더 짚고 넘어가야 할 사실이 있습니다. 사천당가와 하북팽가가 천룡검제와 각별한 사이라는 걸 다들 알고 계실 겁니다."

"으음!"

공동파 장문인의 말에 여기저기에서 침음이 흘러나왔다.

석진호만 달랑 있는 승천무관과 달리 사천당가와 하북팽가는 오대세가의 일원이었다.

그런 만큼 섣불리 건들 수 있는 곳들이 아니었다.

"백리세가의 백리선이 투괴 모용천과 심상치 않은 관계라는 점도 염두에 두어야 합니다."

"분위기가 너무 과열된 거 같소이다. 우리는 천룡검제와 싸우려 이 자리를 만든 게 아닙니다. 모두가 앞으로 좋은 방향으로 나아가고자 모인 것이지요."

"그럼 이대로 가만히 지켜보실 생각입니까?"

황보궁이 미간을 좁히며 물었다.

답답한 마음에 짜증이 났던 것이다.

그런데 그를 바라보는 몇몇 수장들의 눈빛이 기묘했다.

오대세가에 들지는 못했지만 십대세가를 꼽으면 항상 들어가는 무가의 가주들이 의미심장한 표정을 지었던 것이다.

"우선 대화를 해 봐야 하지 않겠소. 어찌 됐건 천룡검제 덕분에 역천마궁주를 잡지 않았소이까. 야욕을 드러내기 전까지는 좋은 관계를 유지하는 게 맞다고 생각하오."

"확실히 무림의 구성(求星)이기는 하지요."

"일단은 예의 주시하며 대화를 나눠 보는 게 먼저라고 생각하외다. 다른 뜻이 있다면 언제까지고 숨기는 건 힘들 터이니."

"알겠소이다."

장내가 어느 정도 정리가 되었다.

우려는 되지만 그렇다고 석진호와 싸우고 싶은 이는 없었다.

그 괴물 같던 역천마궁주도 홀로 때려잡은 게 석진호였다.

그렇기에 누구도 먼저 나서서 큰 목소리를 내려 하지 않았다.

'겁쟁이들.'

그런 그들의 모습에 소자욱이 속으로 비웃음을 머금었다.

능력도 없는 것들이 욕심은 또 더럽게 많아서였다.

어떻게든 자신들의 자리를 보전하려고 애를 쓰는 모습에 소자욱은 조소가 절로 나왔다.

'정작 조심해야 하는 건 밑에서 치고 올라오는 이들인데.'

모용천의 이름이 나왔지만 소자욱의 생각은 달랐다.

황보세가나 진주언가, 위지세가 같은 명문 세가들이 견제해야 할 곳은 모용천이 일으킬 모용세가가 아니라 군소 세가들이었다.

그들은 늘 오대세가, 십대세가의 자리를 노리고 있었다.

지금 이 순간에도 말이다.

'하지만 굳이 말해 줄 필요는 없겠지.'

다른 이들을 걱정하기에는 종남파의 상황도 썩 좋지 않았다.

점창파나 공동파처럼 멸문에 가까운 피해를 입은 건 아니었으나 숭산혈투로 인해 입은 피해가 상당했다.

하지만 그럼에도 그는 슬퍼하지 않았다.

제자들의 죽음은 안타까우나 그렇다고 눈앞에 찾아온 기회를 놓칠 수는 없어서였다.

'양대 산맥이던 소림사와 무당파가 엄청난 피해를 입었지.

사천성의 아미파와 청성파 역시 역천마궁과의 전쟁으로 인해 큰 피해를 입었고. 그렇단 말은 화산파를 제외하면 두 번째 자리까지 본파가 올라갈 수 있다는 뜻이다. 조금만 더 노력하면 화산파도 밀어낼 수 있고.'

북숭소림 남존무당이라 불리며 굳건하게 구대문파의 수좌를 차지했던 곳이 바로 소림사와 무당파였다.

그런데 그 두 곳이 역천마궁으로 인해 큰 피해를 입자 소자욱은 오래전 포기했던 야망이 꿈틀거렸다.

무당파와 소림사를 넘어 종남파를 천하제일문파로 만들겠다는 야심이 말이다.

'언제까지고 소림과 무당만 최고의 자리를 번갈아 차지하란 법 있나?'

소자욱이 인자한 미소를 지었다.

하지만 그의 속내는 전혀 달랐다.

비열한 야망의 불꽃이 활활 불타올랐다.

'꼭 올라갈 필요는 없지. 모조리 끌어내리면 결국 내가, 그리고 본파가 최고가 될 수 있다.'

소림사와 무당파 위에 있는 종남파를 떠올리는 것만으로도 심장이 벌렁거렸다.

또한 종남파 역사에 남을 업적일 거라고 생각하자 더욱더 욕심이 났다.

동시에 온갖 치졸한 수법들이 머릿속을 가득 채웠다.

武人還生
무인환생

'가장 좋은 건 지들끼리 치고받는 것인데……'

어부지리만큼 좋은 것도 없기에 소자욱은 턱을 쓰다듬으며 원탁에서 오고 가는 말들에 대충 맞장구를 쳐 주었다.

어쨌든 이 자리에 있는 이들이 필요한 건 사실이었기에 나름 열심히 듣는 척을 했던 것이다.

그러나 그는 몰랐다.

그와 같은 생각을 하는 이가 그 혼자만이 아니라는 걸 말이다.

숭산에서 벌어진 혈투 이후 승천무관을 찾는 이들이 매일같이 늘어났다.

석진호가 만든 승전보에, 어떻게든 그의 얼굴을 보고자 무인들이 찾아왔던 것이다.

그로 인해 승천무관의 정문은 늘 인산인해를 이루었지만 정작 앞마당은 한산했다.

당대 천하제일인이 머무는 곳이니만큼 누구 하나 버릇없이 정문을 넘지 않았던 것이다.

물론 안하무인격으로 행동하는 사람이 없던 건 아니었다.

백 명이 모이면 그중에 몇 명은 미친놈이 있듯이 석진호와 일면식도 없는 주제에 대뜸 만나러 왔다고 들어오는 이들이 있었다.

그러나 그들 중에 정마릉이나 탁윤이 감당하지 못할 인물은 없었다.

둘 다 이제는 원숙한 절정 고수였기에 웬만한 이들은 두 사람의 선에서 정리가 되었다.

"든든하네."

"아닙니다. 아직 갈 길이 멀었습니다."

"그래도 예전에 비하면 엄청난 발전이지. 너희 둘은 자랑스러워해도 돼. 물론 가장 기꺼워할 사람은 진호겠지만."

"하하하."

정마릉과 탁윤이 머쓱한 얼굴로 뒷머리를 긁적였다.

하지만 북궁혁은 진심이었다.

어떻게 무인의 길을 걸었는지, 그리고 두 사람이 얼마나 노력했는지 알기에 북궁혁은 대견스럽다는 눈빛으로 정마릉과 탁윤을 쳐다봤다.

"근데 아직 전쟁이 확실하게 끝난 것도 아닌데 너무 마음을 놓는 것 같은데."

"거의 마무리되어 가기는 하니까요. 그동안 역천마궁이 정복했던 성들은 대부분 수복했고, 이제 운남성만 남았다고 들었습니다."

"역천마궁주와 십이사도가 죽은 게 타격이 크긴 큰 모양이야. 별다른 힘을 못 쓰네."

무인환생

"아무래도 역천마궁의 전력에서 핵심 중의 핵심이었으니까요. 그런데 문제는 또 있습니다."

"마도나 사도가 꿈틀거리겠지. 정도무림의 힘이 약화된 이 시기가 그들에게는 기회일 테니까."

북궁혁이 뻔하다는 투로 말했다.

역천마궁은 물리쳤지만 대신 정도무림은 처참할 정도로 찢겼다.

물론 패배해서 몰살당하는 것보다는 훨씬 나았지만 중요한 건 전력이 약해졌다는 것이다.

그러니 중원마도나 사도의 무리가 가만히 있을 가능성은 희박했다.

"맞습니다. 그동안 숨죽이고 있던 마도 문파들과 사도 방파들이 슬금슬금 모습을 보이고 있다고 합니다."

"나았어도 기회를 놓치고 싶지는 않을 거야. 이런 기회가 언제 또 올 수 있을지 장담할 수 없으니까. 하지만 하북성만큼은 안 건드릴걸."

"역천마궁이 발호했을 때보다 지금이 더 시끄러운데 유일하게 하북성만이 평화롭습니다."

정마룡이 자부심 가득한 표정을 지었다.

하북성의 평화가 누구 때문에 이루어졌는지 그는 너무나 잘 알고 있어서였다.

그리고 그 옆에서는 탁윤도 비슷한 표정으로 연신 고개를 주억거렸다.

"웬만큼 간이 크지 않은 이상 하북성으로 오지는 않겠지. 몇몇 정신 나간 놈들이 주제도 모르고 찾아오기는 하겠지만, 저 벽을 넘을 수 있을까?"

북궁혁의 시선이 정문 근처에 철탑처럼 서 있는 노인에게로 향했다.

어느 날 갑자기 찾아온 이였는데, 그를 본 한노가 경악했었다.

강호에 전혀 알려지지 않은 은거 고수의 등장에 깜짝 놀란 것이었다.

'초월경의 고수란 말이지.'

무심한 얼굴로 꼼짝도 하지 않고 제자리를 지키고 있는 엄유강을 보며 북궁혁이 실소를 흘렸다.

엄유강을 보자 새삼 강호의 격언이 떠올랐던 것이다.

중원에는 은거 고수가 모래알처럼 많다는 격언이.

'나, 참. 대체 어디서 저런 고수가 나타난 건지. 그리고 진호하고는 어떤 인연인 거야?'

짧은 시간이었지만 엄유강이 석진호를 어떻게 생각하는지 모두가 알았다.

마치 가신처럼 석진호를 보필하는 모습에 굳이 묻지 않아도 많은 걸 알 수 있었다.

그래서 북궁혁은 두려우면서도 부러웠다.

무인환생

엄유강 같은 가신이 있다면 정말 든든할 것 같아서였다.

"천하십대고수 정도는 되어야 문을 두드려 볼 수 있지 않을까요?"

"맞아. 눈깔이 삔 녀석은 깝치다 모가지가 뽑히겠지."

"어후."

상상만 해도 끔찍하다는 듯이 정마룡이 고개를 저었다.

하지만 부정하지는 못했다.

엄유강의 인상을 보면 충분히 그러고도 남을 것 같아서였다.

"문지기는 제가 해 보고 싶었는데 말이죠."

"에이, 그래도 문지기보다는 무공 교두가 더 있어 보이지 않아?"

"정문 위사도 멋지다고 생각합니다."

한편 탁윤은 얼굴 가득 씁쓸한 기색을 띠고서 중얼거렸다.

누구에게도 말하지 않았지만 그는 나중에 승천무관의 문지기가 되고 싶었다.

지금은 정마룡과 자신밖에 없기에 무공 교두를 하고 있지만 지금의 관도들이 성장해서 절정지경에 닿으면 무공 교두를 그만두고 정문 위사를 할 생각이었다.

승천무관을 지키는 든든한 문이 되고 싶었던 것이다.

하지만 엄유강을 보니 그 꿈을 접어야 할 것 같았다.

지금만 보더라도 자신보다 더 잘 어울리기도 했고 말이다.

"멋지지. 승천무관의 얼굴이기도 하고. 근데 아직은 안 돼. 나 혼자서는 힘들어. 그리고 문지기를 계속하기에는 엄 노야의 실력이 너무 뛰어나지 않아?"

"그렇긴 합니다만."

"일단 도움은 되니까 지켜보자. 관주님께서도 생각을 정리 중이신 거 같으니. 그보다 애들 관리가 우선일 것 같은데. 어깨에 힘이 가득 들어가 있어."

정마룡이 짐짓 엄한 표정을 지었다.

석진호의 무명이 높아져 갈수록, 승천무관의 명성이 커질수록 아이들의 어깨가 점점 높아지고 있었다.

물론 자긍심을 느끼는 건 좋았다.

하지만 과한 건 결코 좋지 않았다.

제65장 공짜는 아냐

"제가 말해 놓겠습니다."

"자고로 잘나갈 때 뒤를 돌아봐야 한다고 그랬어. 괜한 소문이 나지 않게 조심해야 해. 관주님 얼굴에 먹칠하지 않게. 난 그 꼴 못 본다."

"저도 마찬가지입니다."

탁윤도 얼굴을 굳혔다.

그런 꼴을 못 보는 건 그도 마찬가지였다.

"부럽네. 나도 너희 같은 동생들이 있었으면 좋겠다."

"대신 북해빙궁을 이어받으시잖아요."

"소궁주의 삶이 꼭 좋은 것만은 아냐. 나름의 고충이 있다고."

"부담감이 엄청날 것 같아요."

"맞아."

북궁혁이 웃으며 고개를 끄덕였다.

주변의 기대에 부응해야 한다는 부담감을 그는 평생 동안 느껴 왔다.

하지만 그런 부담감이 있었기에 강해진 것도 사실이었다.

"예전에는 소궁주님 같은 분들을 부러워했는데, 지금은 생각이 달라졌어요."

"어떻게?"

"적당히 돈 많고 강한 게 최고인 거 같아요."

"왠지 진호를 빗대어 말한 거 같은데?"

"에이, 관주님은 적당한 수준이 아니잖아요."

정마룡이 손사래를 쳤다.

무위는 두말할 필요도 없고 돈도 엄청나게 많았다.

직접 번 것도 있지만 역천마궁주를 잡은 후 방문객들이 가져온 선물들도 어마어마했다.

지금 이 순간에도 오고 있었고 말이다.

"영향을 받은 건 분명해 보이는데."

"그건 인정합니다, 헤헤!"

"너무 유명한 것도 피곤하지. 명성을 떨치는 게 목표라면 모를까, 편안하고 조용하게 사는 걸 꿈꾼다면 진호처럼 지내는 게 맞지."

무인환생

"좋아하는 사람들과 행복하게 사는 게 가장 좋은 것 같습니다."

탁윤도 슬그머니 자신의 의견을 더했다.

그런데 말하고 보니 딱 지금의 승천무관이었다.

"북해빙궁도 이렇게 만들고 싶네."

"소궁주님이라면 가능하실 겁니다."

"그 전에 우리 빙랑이부터 영물로 만들어야 하는데. 딱 흑휘만큼만 되면 소원이 없겠는데 말이지. 빨리 백년자패를 소화해야 설삼을 먹이든 빙정을 먹이든 할 텐데."

주인의 옆에 의젓하게 서 있던 빙랑이가 고개를 갸웃거렸다. 생전 처음 듣는 단어에 낯설어하는 것이었다.

"비, 빙정!"

"희귀하기는 하지만 없진 않거든. 설삼이야 천 년 묵은 건 드물지만 그 아래는 찾아보면 있긴 하고."

빙정이라는 말에 정마룡이 깜짝 놀랐다.

한 번도 본 적은 없지만 공청석유와 비견될 정도로 영약 중에서는 최상급에 속하는 게 빙정이었다. 그런 빙정을 가지고 있다는 말에 정마룡은 침을 꼴깍 삼켰다.

"하지만 빙공을 익힌 사람이 아니면 독이야. 손에 닿는 순간 꽁꽁 얼어붙을걸. 빙랑이도 우선 북해의 한기에 적응해야 하고."

"그런 점에서는 공청석유가 좀 더 나은 편이네요. 딱히 체질을 가리진 않으니까요."

"근데 빙공을 익힌 사람에게는 공청석유보다 빙정이 훨씬 좋아. 효율의 차이라고나 할까."

"저는 욕심을 내려놓았습니다. 아직 시간이 많기도 하고요. 차곡차곡 먹이면 제가 죽기 전에는 영물이 되지 않겠습니까."

"전혀 욕심을 내려놓은 표정이 아닌데."

정마룡이 히죽 웃었다.

북궁혁의 말마따나 욕심이 덕지덕지 묻어 있는 얼굴이었다.

"관주님이 말씀하셨죠. 꿈은 무조건 크게 가져야 한다고요."

"아까 전에는 적당히 강해서 적당한 돈을 가지고 사는 게 목표라며?"

"그게 저에게는 큰 꿈입니다. 하인이었던 시절에 꾸었던 꿈보다는 훨씬 크니까요."

"하긴."

북궁혁은 납득했다.

말을 들어 보니 충분히 이해가 되었던 것이다.

"저기 누군가 들어오는데요?"

"어? 엄 노야와 상당히 닮았는데?"

"제가 보기에도요."

들어오고는 싶으나 엄유강에게서 흘러나오는 존재감에 눈치만 살필 뿐 선뜻 대문을 넘지 못하는 사람들 사이로 건장

무인환생

한 체격의 중년인이 걸어왔다.

그런데 무표정한 것도 그렇고 분위기가 엄유강과 상당히 흡사했다.

누가 보더라도 아들임을 알 수 있을 정도로 말이다.

"지금 도착했습니다, 곡주님."

"따라와라."

예상대로 중년인은 엄유강에게 고개를 꾸벅 숙이며 인사했고, 석상처럼 제자리를 굳건하게 지키던 엄유강은 몸을 돌렸다.

석진호가 있는 본관으로 성큼성큼 걸어갔던 것이다.

그리고 그 모습을 북궁혁이 미간을 좁히며 쳐다봤다.

"강한데?"

"저보다 강한 것 같습니다."

"……나보다도 강해. 분하지만."

북궁혁이 입술을 깨물었다.

언뜻 느껴지는 기운이 한노와 비교해도 크게 뒤떨어지지 않는 것 같아서였다.

동시에 궁금했다.

대체 석진호와 어떤 인연이 있기에 저런 고수들이 찾아오는지 말이다.

석진호가 눈앞에 앉은 이를 지그시 쳐다봤다.

누구 아들 아니랄까 봐 부친과 똑 닮은 중년인이 바짝 긴장한 얼굴로 앉아 있었다.

하지만 석진호는 중년인이 아닌, 그의 선조를 떠올렸다.

엄유강도 마찬가지지만 중년인도 참으로 의동생을 많이 닮았다.

"주군께 소개해 드리고자 불렀습니다. 제 아들이자 차대 비성곡주입니다."

"처, 처음 뵙겠습니다! 엄진근이라고 합니다!"

엄유강의 소개에 엄진근이 기합이 바짝 들어간 표정으로 인사했다.

귀청이 떨어질 정도로 쩌렁쩌렁하게 말이다.

그 소리에 석진호가 눈살을 찌푸리자 엄진근이 자신의 실수를 깨닫고는 연신 고개를 숙였다.

"죄송합니다! 죄송합니다!"

"됐으니까 앉아."

"예!"

"작게 말해도 다 들리니까 소리치지 말고."

"예."

한번 실수를 해서 그런지 엄진근이 작게 대답했다.

하지만 여전히 그는 석진호의 눈치를 살폈다.

눈앞에 있는 이가 누구인지 너무나 잘 알았기에 그는 긴장할 수밖에 없었다.

무인환생

'이분이 당대 패왕문의 후예이자 주인!'

비성곡이 강호에서는 신비 문파로 불리지만 그가 생각하기에 진짜 신비 문파는 패왕문이었다.

따로 제자를 두지 않는데도 신기하게 그 맥이 끊어지지 않았다. 물론 비인부전의 이유도 있겠지만 중요한 건 잊힐 즈음이면 패왕문의 후예가 나타난다는 점이었다.

눈앞에 있는 석진호 역시 뜬금없이 모습을 드러내기도 했고.

'하지만 의문은 중요하지 않아. 내가 할 일은 주군께 충성을 다하는 것. 그것뿐이다.'

엄진근은 깊게 생각하지 않았다.

애초에 그건 그의 성미에 맞지 않았거니와 중요한 건 석진호를 보필하는 것이었다.

수족에게 많은 생각은 필요치 않았다.

"결국 이렇게 됐네."

"저어, 소인이 실수한 게 있습니까?"

"너희가 나타난 것 자체가 실수야. 이제는 그냥 너희 하고 싶은 대로 살라니까? 이건 너희 기록에도 남아 있을 텐데? 전대 곡주들의 일지에 적혀 있지 않아?"

흠칫!

엄유강과 엄진근이 동시에 움찔거렸다.

석진호의 말대로 그런 내용이 적혀 있는 걸 읽은 적이 있어서였다.

"너희 시조가 받았던 은혜에 대한 보답은 이미 충분히 받았다. 그러니 고집 부리지 말고 돌아가. 돌아가서 너희의 삶을 살아라. 이건 당대 패왕문주의 명령이다."

"저희가 하고 싶은 대로 살면 되는 겁니까?"

"맞아. 정확히 들었어."

엄유강을 보며 석진호가 고개를 주억거렸다.

사실 말하면서도 큰 기대는 하지 않았는데 의외로 잘 알아들은 것 같아서였다.

충직하고 충정이 깊은 건 분명 좋은 점이었지만 무릇 모든 게 그렇듯 과하면 모자람만 못한 법이었다.

그리고 의동생과 후예들은 충분하다 못해 넘치도록 보은했기에 석진호는 이제 맹약에 얽매이지 않고 자신의 삶을 살길 바랐다.

"아들은 모르겠지만 저는 주군을 모시고 싶습니다. 이제 얼마 남지 않은 생, 주군과 함께하고 싶습니다."

"저도 아버지와, 아니, 곡주님과 같은 생각입니다!"

"아이고, 두야."

결국 제자리로 돌아온 상황에 석진호가 이마를 짚었다.

곡소리가 절로 나왔던 것이다.

하지만 머리가 지끈거리는 석진호와 달리 두 부자는 그 어느 때보다 밝은 미소를 머금고 있었다.

"그게 제가 하고 싶은 일입니다."

"저도 같습니다!"

"너희 부인과 형제들의 생각은 다를 수 있다. 그러니 일단 돌아가서 의견 취합해 봐. 특히 젊은 애들은 맹약을 족쇄라고 생각할 수도 있으니까. 은근슬쩍 강요하지 말고 직접 한 명 한 명 물어봐."

"알겠습니다."

"이런 건 또 말 잘 들어. 떠나라고 하는 건 드럽게도 안 들으면서."

엄유강은 물론이고 엄진근도 슬그머니 못 들은 척했다.

다른 지시는 다 이행할 수 있어도 떠나라는 말은 따를 수 없었다.

애초에 비성곡의 시작이 패왕문을 위해서였기 때문이다.

또한 패왕문주에게도 말 못 할 비밀이 있기에 엄유강은 입을 꾹 다물었다.

"제가 서신으로 한 명 한 명에게 전부 물어보라고 지시하겠습니다."

"참 신기해, 어떻게 짝을 다 만났는지."

"짚신도 짝이 있다는 말처럼 저희도 인연이 있었습니다."

"뭐, 고지식해서 그렇지 성격이 나쁜 건 아니니까. 근데 참 신기하단 말이야. 아무리 피는 못 속인다고 그래도 대가 이어질수록 별종이 나오기 마련인데."

석진호가 턱을 쓰다듬었다.

지금껏 환생하면서 만난 비성곡주들은 성격들이 의동생과 대동소이했다.

환생자가 아닌 만큼 완벽히 똑같을 수는 없겠지만 그래도 자식이라고 하기에는 성격들이 너무 비슷했다.

비성곡 정도의 역사면 불만을 품은 아이가 최소 몇 명은 있어야 정상인데 말이다.

"있었습니다. 비성곡의 생활에 답답함을 느껴 강호로 뛰쳐나간 아이도, 몰래 도망친 아이도 있었습니다. 그러나 끝은 좋지 않았습니다. 강호는 단순히 무공만 강하다고 살아남을 수 있는 세상이 아니니까요."

"그렇지."

무인을 꿈꾸는 아이들은 대개 강호라는 세계가 낭만적일 거라고 생각했다.

하지만 현실은 달랐다.

비정하고 냉혹한 세계가 바로 강호였다.

낭만보다는 강자존, 약육강식이라는 단어가 훨씬 더 잘 어울리는.

"운 좋게 돌아온 아이들도 있었지만, 대부분은 이용만 당하다가 죽었습니다. 물론 피의 복수는 확실하게 해 주었지만요."

"그런 것치고 비성곡에 대해 아는 이들이 적긴 하지."

"구파일방 중 몇 곳과 사천당가, 남궁세가는 알고 있습니

武人還生
무인환생

다."

"그런데도 용케 유지하고 있네."

"강하니까요. 혼자서도 강하지만 함께일 때 더 강해지는 게 비성곡입니다."

석진호는 피식 웃었다.

직접 무공을 가르쳤기에 누구보다 그가 가장 잘 알았다.

비성곡이 얼마나 강한지 말이다.

소림사와 무당파와 최고 절학과 비교해도 전혀 뒤떨어지지 않는 무공이 진뢰일기공이었다.

더욱이 체질과 딱 들어맞는 무공이다 보니 제대로만 익힌다면 천하에서 적수를 찾기 힘들었다.

'괜히 그 녀석 이후로 무공을 안 가르친 게 아니지.'

탁윤, 정마룡, 채소강에게 무공을 전수해 주기는 했으나 진뢰일기공에 비할 바는 아니었다.

애초에 무공 수준 자체가 달라서였다.

적당한 수준의 절정 무공과 달리 진뢰일기공은 천하에서도 손꼽힐 만한 상승 절학이었다.

그리고 그 말은 달리 말하면 그만큼 의동생을 아꼈다는 뜻이기도 했다.

"또한 아직까지 위치가 발견되지 않았고요."

"아직도 그곳에 있나?"

"예."

"이제는 역사가 되었구나."

석진호가 아련한 표정을 지었다.

지금 비성곡이 있는 위치가 바로 그와 의동생이 마지막으로 같이 있던 곳이었다. 그리고 처음으로 석진호가 천수를 다 누리고 죽은 곳이기도 했고.

이래저래 추억이 많이 담겨 있는 장소였으나 안타깝게도 엄유강은 그런 석진호의 표정을 보지 못했다.

"언제 한번 가시지요."

"일없다. 가서 뭐 볼 게 있다고. 이젠 너희의 집이다."

"알겠습니다."

"소곡주는 네 옆방에 머물라고 해. 겸사겸사 안내도 해 주고."

"예."

석진호의 축객령 아닌 축객령에 엄유강과 엄진근이 공손하게 허리 숙여 인사하고는 집무실을 나갔다.

하지만 두 사람이 사라졌음에도 석진호의 찌푸려진 미간은 좀처럼 펴질 기미를 보이지 않았다.

"좋게 생각해야 하나. 부릴 수 있는 패가 많아졌다고. 근데 딱히 도움이 될 것 같지 않은데 말이지."

석진호가 승천무관을 키울 생각이었다면 두 사람의 합류는 천군만마를 얻은 것이나 마찬가지일 터였다.

그러나 문제는 석진호가 그럴 생각이 전혀 없다는 점이었

무인환생

다. 지금도 그는 그저 무사태평하게, 여유롭게 즐기며 사는 게 목표였다. 거기에 한 가지를 더 추가한다면 환생을 끊을 방도는 찾는 것이고.

"일단 기다려 봐야지. 좋은 결과가 나올 수도 있으니까."

얼굴을 조금 펴며 석진호가 차를 들이켰다.

여전히 북적북적한 승천무관으로 일단의 무리가 다가왔다.

그런데 선두에 서 있는 청년의 표정에 반가움이 가득했다.

마치 오랫동안 떠나 있던 집으로 돌아온 듯한 표정이랄까.

컹컹!

주인의 옆에 위풍당당하게 서 있던 늑대도 반가움을 감추지 못하고 짖었다.

모용천만큼이나 철랑이도 승천무관이 그리웠었다.

그에게는 친우의 집이었지만 철랑이에게 승천무관은 고향이었다.

자신이 태어난 장소가 승천무관이었기에 철랑이는 강아지처럼 꼬리를 정신없이 흔들며 연신 짖어 댔다.

컹컹컹!

그러자 안쪽에서 늑대들이 우르르 몰려 나왔다.

삼랑이를 필두로 어미들과 형제들이 죄다 뛰쳐나왔던 것이다.

"협!"

마치 늑대 떼가 달려오는 듯한 모습에, 그것도 하나같이 멧돼지 못지않게 커다란 늑대들의 등장에 모용천과 함께 승천무관을 찾은 사내들이 퍼뜩 놀랐다.

　모용천에게 미리 얘기를 듣기는 했지만 설명 들은 것과 직접 보는 것의 괴리감은 상당히 컸다.

　살기가 없다는 걸 알면서도 절로 긴장이 된다고나 할까.

　하지만 늑대들은 그들이 긴장하는 것에는 일절 관심도 없다는 듯이 모용천과 철랑이를 반겼다.

　"녀석들."

　덩치만 큰 강아지처럼 정신없이 주위를 돌며 애교를 떠는 삼랑이들과 자식들의 모습에 모용천의 미소가 더욱 짙어졌다.

　이렇게 늑대들을 보니 다시 한번 승천무관에 돌아왔다는 걸 느낄 수 있어서였다.

　거기다 이제는 자식 같은 느낌이 드는 철랑이가 기뻐하자 그도 기분이 좋아졌다.

　"오셨습니까, 모용 공자님."

　"잘 지냈어?"

　"사람들이 너무 많이 찾아온 걸 빼면 괜찮습니다."

　정마륭이 여전히 정문 근처를 기웃거리는 무인들을 힐긋 거리며 말했다.

　어째 날이 갈수록 숫자가 점점 늘어나는 것 같았다.

　"어쩔 수 없지. 무림의 구성이자 영웅인데."

"관주님께서 요즘 '영웅은 개뿔!'이라는 말을 입에 달고 사십니다."

"후후! 진호라면 충분히 그러고도 남지."

자신의 명성을 위해, 혹은 가문의 이름을 알리고자 역천마궁과의 전쟁에 참여한 이들이 수두룩했다.

대부분이 개인의 영달을 위해 칼을 뽑았던 것이다.

하지만 석진호는 달랐다.

'물론 중원의 평화보다는 황화현의 평화를 위해서였겠지만.'

아마 역천마궁이 석진호의 주변을 건들지 않았다면 지금처럼 패망의 길을 걷지는 않았을 것이다.

그랬다면 석진호는 늘 그렇듯이 있는 듯 없는 듯 지냈을 테니까.

하지만 욕심 많은 것들이 늘 그렇듯이 일을 크게 벌여서 문제가 생겼다.

"이만 들어가시죠. 관주님께서 기다리고 계십니다."

"저, 저희도 함께 가는 겁니까?"

모용천을 따라왔던 이들 중 한 명이 잔뜩 기대하는 표정으로 물었다.

다른 이도 아니고 당대의 천하제일인이라 불리는 인물이 석진호였다. 그래서인지 입을 연 사내뿐만 아니라 다들 마른침을 삼키며 정마룡을 쳐다봤다.

"예. 관주님께서 모두 모셔 오라 하셨습니다."

"우, 우와!"

"이런 영광이!"

"……진호 앞에서는 그러지 마. 쪽팔리니까."

격하게 기뻐하는 일행의 모습에 모용천이 손바닥으로 이마를 짚었다.

이대로 석진호를 만날 생각을 하니 너무나 부끄러웠던 것이다. 하지만 모용천이 그러거나 말거나 장정들은 그저 석진호와 대면한다는 사실에 기뻐했다.

"역시 사람은 줄을 잘 서야 해!"

"웬만한 무가나 방파의 수장들도 문전 박대당한다던데!"

모용천의 이마에 주름이 늘어 가는 것도 모른 채 사내들은 들떠서 떠들기 바빴다.

그리고 그런 이들을, 정문 근처에서 기웃거리던 이들이 부럽다는 듯이 쳐다봤다.

자신들은 몇 날 며칠을 기다려도 승천무관의 문턱을 넘지 못하는데 모용천과 함께 왔다는 이유로 단숨에 안으로 들어가자 배알이 꼴렸다.

그러나 그들이 할 수 있는 건 딱 거기까지였다.

"여어! 이제 왔는가!"

한편 모용천이 부끄러움에 몸서리칠 때 익숙한 목소리가 들렸다.

武人還生
무인환생

동시에 늑대 한 마리가 늘어났다.

처음의 모습과 달리 점차 백색의 털이 늘어나는 빙랑이가 철랑이에게 달려들었던 것이다.

"친구가 왔는데 너무 늦게 나타나는 거 아냐?"

"수련 좀 하느라고. 내가 요즘 실마리를 하나 얻었거든."

"별 차이 없어 보이는데?"

오랜만의 재회였음에도 모용천은 도발을 서슴없이 날렸다.

하지만 북궁혁도 만만치 않았다.

도발에는 맞도발이라는 듯이 씨익 웃으며 받아쳤던 것이다.

"나야말로 실망인데?"

"진호하고 대화 끝난 다음에 한판 해야겠는데."

"당연히 해야지. 이 형님이 다시 한번 현실을 알려 주겠어."

"진 사람이 하루 동안 형님이라 부르는 거다."

"미리 연습해 둬. 질리도록 해야 할 테니까."

두 사람 사이에서 번갯불이 튀겼다.

그 모습에 모용천을 따라왔던 청년들이 눈을 빛냈다.

둘의 대결이 기대되었던 것이다.

반면에 정마룡은 늘 있었던 일이기에 그러려니 하며 일행을 안내했다.

폭풍 같았던 대화가 끝나고 석진호는 이제야 모용천과 조용하게 마주 볼 수 있었다.

모용천이 데리고 온 이들이 방을 배정받기 위해 접객실을 나가자 북궁혁과 함께 방에 딱 셋만 남아 있게 된 것이다.

"백리 소저는?"

"일단 본가로 돌아갔어."

"그쪽도 정신없겠네."

"아무래도 장원이 좀 파괴되었으니까. 보수하고 이것저것 신경 쓰느라 정신없을 거야."

모용천이 석진호와 눈을 마주하지 못하며 대답했다.

그런 그의 얼굴은 살짝 상기되어 있었는데, 그게 다 데리고 온 일행 때문이었다.

어찌나 야단법석을 떨던지 그는 아직도 민망함에 얼굴을 들 수가 없었다.

"말은 해 봤고?"

"무슨 말?"

능글맞게 웃으며 물어 오는 북궁혁을 향해 모용천이 짐짓 쌀쌀맞게 대답했다.

하지만 그런 모용천의 태도에도 북궁혁의 미소는 사라지지 않았다.

오히려 더욱더 음흉한 미소를 머금었다.

"그냥 보내지는 않았을 거 아냐. 게다가 그렇게 달라붙어서 도와줬는데 백리 소저도 네 마음을 모를 리 없고."

武人還生
무인환생

"뭐가 궁금한 거야?"

"연인이 된 건지, 안 된 건지가? 너도 알다시피 진호는 이런 쪽으로 재미가 전혀 없어서 말이지."

"아, 그러고 보니 사천당가의 두 소저가 아직 안 온 것 같던데?"

"말 돌리지 말고."

북궁혁이 씨익 웃었다.

되도 않는 어설픈 수법은 통하지 않는다는 듯한 미소였다.

"모른 척 넘어가 주면 안 되냐?"

"당연히 안 되지. 그럴 거면 왜 물었겠어? 설마 잘 안된 거냐?"

"네 생각은 어때?"

"흐음."

북궁혁이 미묘한 표정으로 친구를 쳐다봤다.

개인적으로 모용천은 가세가 기울어서 그렇지 나쁘지 않은 혼처였다. 일단 외모가 어디 가서 꿀리지 않을 정도였고, 무인에게 있어 가장 중요한 부분인 무력 역시 뛰어났다.

최고의 후기지수라는 육룡을 씹어 먹은 게 바로 여기 있는 세 사람이었다. 비록 모용천이 삼괴 중 말석이라고는 하나 지금의 실력은 웬만한 무문과 방파의 수장급이었다.

가문 역시 앞으로 서서히 재건될 테니 백리세가주의 사위로는 꽤 괜찮다고 생각했다.

"날 품평하는 듯한 눈빛이 좀 거슬리는데."

"기다려 봐. 친구가 아니라 제삼자로서 냉정히 판단하고 있으니까."

"넌 어때?"

모용천이 지금껏 조용히 차만 들이켜고 있는 석진호를 쳐다봤다. 방금 전까지는 좀 민망했지만 북궁혁과 티격태격하다 보니 부끄러움이 살짝 가셨다.

"놓치면 후회하겠지. 현재가 아니라 미래를 볼 줄 안다면."

"너무 띄워 주는 거 아냐?"

"결과가 말해 주니까. 그리고 가장 가까이에서 널 봤을 텐데 마냥 반대할까?"

"너무 잘 알아서 재미가 없네."

모용천이 툴툴거렸다.

저렇게 정확하게 짚으니 맥이 탁 풀렸던 것이다.

"오오! 설마 벌써 날짜 잡은 거냐?"

"날짜까지는 아니고, 일단 교제는 허락을 받았다. 지금은 연인 사이지."

"오오오!"

북궁혁이 진심으로 놀란 표정을 지었다.

숙맥이었던 모용천이 아무렇지도 않게 백리선과의 관계를 공표하자 믿기지가 않았던 것이다.

하지만 한편으로는 대견스럽기도 했다.

어찌 됐든 스스로의 힘으로 사랑을 쟁취한 것이었으니까.

"아직은 갈 길이 멀지."

"내가 백리세가주였으면 호박이 넝쿨째 들어왔다고 생각할걸. 물론 육룡이 아쉽긴 하겠지만 중요한 건 저쪽에서 거절할 가능성이 있다는 거지. 그에 반해 너는 그냥 못 이긴 척 허락만 해 주면 되는 거잖아?"

"아직 확실한 게 아니라니까. 더구나 나는 가문을 재건해야 하고."

"그래도 일단은 축하해."

석진호가 빙그레 웃으며 축하해 주었다.

연인 사이일 뿐 아직 혼례를 약속한 사이는 아니지만 그래도 시작했다는 점에 그는 의의를 두었다.

천 리 길도 한 걸음부터라는 속담도 있듯이 일단은 시작하는 게 중요했다.

시작을 해야 무엇이든 할 수 있으니까.

"고마워. 근데 너도 슬슬 마음의 결정을 내려야 하지 않겠어? 더 귀찮은 일이 벌어지기 전에."

"이미 벌어지고 있지."

북궁혁이 피식 웃었다.

승천무관으로 오는 혼담이 어마어마하게 많다는 걸 정마룡에게 들어서였다.

"그러니까 더더욱 결정을 내려야지. 여기저기에서 찔러보기 전에."

"글쎄. 내 생각은 좀 다른데. 결정을 내린다고 해서 과연 줄어들까? 첩의 자리도 감지덕지라며 달려들 곳이 꽤 많을 것 같은데."

"그것도 그러네."

약관의 나이에 천하제일인의 자리에 오른 게 석진호였다.

강호 역사상 전무후무한 일인 만큼 반려자가 있다고 해서 욕심을 거둘 이들은 그리 많지 않을 터였다.

누가 뭐래도 가장 확실한 끈은 혈연이었으니까.

물론 당하린, 팽나연과 심상치 않은 기류가 흐른다고 하나 대외적으로 결정된 건 아무것도 없었다.

즉 다른 이들에게도 기회가 있다는 뜻이었기에 모용천은 시간이 흐를수록 심해지면 모를까 절대 관심이 줄어들지는 않을 거라 생각했다.

"지금 가장 안달이 난 곳은 사천당가와 하북팽가겠지. 특히 하북팽가는 더욱더 눈치를 보겠지. 가주가 직접 딸의 혼삿길을 막았으니까."

"어쨌든 한 번은 생각해 봐야 할 문제라고 본다. 그래서 너도 당 소저를 돌려보냈다고 생각하고."

"맞아."

평소와 같은 담담한 얼굴로 석진호가 고개를 주억거렸다.

하지만 여전히 그는 답을 내지 못하고 있었다.

무인환생

수없이 많이 환생을 했지만 정작 가정을 이룬 적은 없었다.

여자는 많이 만났지만 혼인을 하고 자식을 낳은 적이 없기에 사실 결혼은 석진호에게 있어 미지의 세계였다.

'나에게도 두려움이란 게 있었네.'

언제부터인가 석진호는 두려움을 느끼지 못했다.

죽어도 다시 환생하기에 어느 순간부터 두려움이라는 감정을 잊었다.

그런데 지금 두려움이 떠올랐다.

"아마 두 소저는 올 거야."

"나도 같은 생각이야. 포기하기 싫겠지."

"꼭 그런 이유가 아니라 둘 다 널 좋아하는 거 같거든."

냉정할 정도로 계산적인 북궁혁을 슬쩍 노려본 후 모용천이 말을 이었다.

계산적인 사랑은 절대 사랑이 아니었다.

그저 그 사람이 너무 좋아지는 게 사랑이었다.

그리고 북궁혁이 보기에 당하린이나 팽나연은 그렇게 석진호를 좋아했다.

'눈빛만 봐도 알지.'

괜히 눈을 마음의 창이라고 하는 게 아니었다.

모용천 역시 사랑에 빠져 봤기에 두 여인의 마음을 십분 이해할 수 있었다.

"내 일은 내가 알아서 할 테니 그쯤 하고. 슬슬 장원을 사거나 공사를 해야 하지 않아? 집터가 아직 남아 있어?"

"다 박살 났어. 땅도 다른 사람이 가지고 있고. 지금은 표국이 들어섰더라고."

"돈은?"

모용천의 얼굴이 어두워졌다.

역천마궁과의 전쟁으로 명성도 얻었고, 함께할 사람 역시 모았지만, 가장 중요한 돈이 없었다.

먹고사는 건 지장이 없지만 문제는 가문을 일으키는 일에는 어마어마한 금액이 필요하다는 것이었다.

아니, 재건하는 것 자체가 엄청난 돈을 필요로 했다.

"한두 푼 들어가는 게 아니지."

어두워진 모용천의 안색에 북궁혁이 씁쓸하게 중얼거렸다.

그런데 그때 석진호가 무언가를 모용천 앞으로 내밀었다.

"받아."

"어?"

자신의 앞으로 내밀린 흰 봉투를 보며 모용천이 어리둥절한 표정을 지었다.

이게 뭔가 싶어서였다.

하지만 석진호는 설명 대신 그저 차만 들이켰다.

"뭐 해, 안 열어 보고? 나도 궁금한데."

그리고 그의 옆에 있는 북궁혁은 부추겼다.

흰 봉투 안에 있는 내용물이 궁금하다는 듯이 말이다.

무인환생

"이게 뭐야?"

"열어 봐."

선뜻 확인하지 못하고 되묻는 모용천을 향해 석진호가 옅게 웃었다. 그 모습에 모용천은 어정쩡한 움직임으로 자신의 앞에 놓인 흰 봉투를 들었다.

스윽.

이상할 정도로 가벼운 흰 봉투의 입구를 펼치고서 모용천이 천천히 내용물을 꺼냈다. 그런데 무엇을 본 것인지 그의 두 눈이 화등잔만 하게 커졌다.

"이, 이걸 나한테 준다고?"

"공짜는 아니야. 나중에 벌어서 갚아."

"그, 금액이 너무 커!"

모용천이 발작하듯 소리쳤다.

흰 봉투 안에는 딱 한 장의 전표가 있었는데 모용천은 그게 너무나 무겁게 느껴졌다. 전표에 적힌 액수가 생전 처음 보는 수준이었기에 모용천은 떨리는 목소리로 조심스럽게 전표를 내려놓았다.

"너한테는 큰 금액이지만 나한테는 아냐. 네가 생각하는 것보다 난 부자고. 그리고 말했을 텐데. 공짜로 주는 거 아니라고. 나중에 이자까지 쳐서 다 받아 낼 거야."

석진호가 빙그레 웃으며 미리 준비한 종이 두 장을 탁자 위에 올려놓았다.

바로 차용증이었다.

"아무리 친구 사이라지만 돈 문제는 확실하게 하는 게 가장 좋지."

꿀꺽!

석진호가 차용증을 내밀었지만 모용천은 선뜻 입을 열지 못했다. 그저 멍한 얼굴로 자신 앞에 내밀린 차용증과 전표를 번갈아 쳐다봤다.

"뭘 그렇게 고민해? 친구가 힘들 때 도와줄 수도 있는 거지. 반대로 생각해 봐. 네가 돈이 많고 진호의 형편이 여의치 않을 때 넌 가만히 있을 거야?"

"……당연히 아니지. 근데 이건 금액이 커도 너무 크잖아."

"진호가 말했잖아. 자신한테는 그리 큰 액수가 아니라고. 무리해서, 빚을 내서 널 도와주는 것도 아니고 충분히 감당할 수 있으니까 그 정도 금액을 준 거겠지."

북궁혁이 뭘 그리 고민하냐는 투로 말했다.

물론 석진호가 건넨 금액은 북해빙궁의 소궁주인 그조차도 순간 움찔거릴 정도로 거액이었다.

하지만 현재 석진호가 지니는 위상이라면 크게 부담이 되는 금액은 아니었다.

"설마 갚을 자신이 없는 거야?"

우물쭈물하는 모용천의 귓가로 석진호의 담담한 목소리가 파고들었다.

무인환생

그런데 그 순간 모용천은 순간 흠칫했다. 방금 전 한마디가 그의 가슴에 묘한 울림을 일으켰던 것이다.

"갚기까지 시간이 꽤 걸릴지도 몰라."

"괜찮아. 난 돈 많으니까. 그리고 보면 알겠지만 이자가 붙잖아. 나에게 손해는 아니지."

"이자라고 하기에는 이율이 별로 높지 않은데?"

"말했잖아, 나 돈 많다고. 너희가 생각하는 것보다 훨씬 더 많아."

"그럼 고맙게 받을게."

모용천은 더 이상 고민하지 않았다.

이렇게까지 말하는데 거절하는 것도 예의가 아니었기에 모용천은 망설이지 않고 차용증에 서명을 했다.

그것으로도 부족하다는 듯이 그는 지장도 찍었다.

"일종의 투자니까 꼭 원금과 이자를 갚아 주셨으면 합니다, 고객님."

"큭!"

마치 전장의 직원이 할 법한 말에 모용천이 자기도 모르게 웃었다.

하지만 그 말 덕분에 조금은 경직되었던 분위기가 풀렸다.

툭.

"내가 먼저 주려고 했는데, 진호 덕분에 뒷북치는 꼴이 됐네."

"어?"

자신의 앞에 놓인 묵직한 전낭에 모용천이 두 눈을 끔뻑거렸다.

탁자에 내려놓는 소리만 들어도 전낭 안에 무엇이 들었는지 알 수 있었기에 모용천이 흔들리는 눈동자로 북궁혁을 쳐다봤다.

"네 주머니 사정을 내가 몰랐을 것 같아? 진호만큼은 아니지만 그래도 없는 것보다는 나을 거다. 물론 나도 차용증을 받을 거야. 원래 차용증까지는 생각 안 했는데 진호가 하는 걸 보니 받아 둬야겠어. 나한테는 꽤 큰 금액이거든."

"이렇게까지 안 해 줘도 되는데……."

"근데 챙겨 가는 손놀림이 빠르다?"

"다다익선이라는 말도 있잖아. 돈은 많아서 나쁠 게 없지."

모용천이 감동받은 눈빛과 달리 농담하듯 말했다.

하지만 목소리가 미세하게 떨리는 것만은 어쩌지 못했다.

"참고로 난 기한이 있어. 금액이 적으니까 금방 갚을 수 있을 거야."

"북해까지 보내려면 추가 비용이 상당하겠는데."

말은 그렇게 해도 모용천은 군말 없이 차용증을 작성했다.

북궁혁이 따로 준비하지 않았기에 석진호가 가져온 차용증과 똑같은 내용을 적어 두 장을 만들어 이번에도 역시 서명과 지장을 찍었다.

무인환생

"근데 왜 이자율이 진호랑 같아?"

"어? 똑같이 하려는 거 아니었어?"

"노린 거 같은데."

북궁혁이 눈살을 찌푸렸다.

그가 보기에는 일부러 노리고서 똑같이 쓴 것 같아서였다.

"그럴 리가. 원한다면 다시 써 줄 수 있어. 종이는 많으니까."

"됐어. 난 쪼잔한 남자가 아니니까. 이걸로 돈 벌 생각도 없고."

"정말 고마워. 이런 건 진짜 생각지도 못했거든. 사실 금룡전장에서 돈을 빌리려고 했었는데 둘 덕분에 안 그래도 될 것 같아."

모용천이 진심으로 고맙다는 표정을 지었다.

두 사람의 손을 맞잡고서 번갈아 쳐다봤던 것이다.

그 모습에 석진호와 북궁혁은 알게 모르게 모용천이 가슴앓이를 많이 했다는 걸 느낄 수 있었다.

"친구인데 돕고 살아야지. 여력이 없는 것도 아니고. 그리고 진호 말마따나 공짜는 아니니까."

"최대한 빨리 갚을게. 이자보다 더 많은 돈으로."

"됐다. 이자만 갚아. 그 정도로 충분해. 나 차기 북해빙궁주야."

거들먹거리는 북궁혁의 모습에 모용천이 웃었다.

말은 저렇게 해도 자신을 얼마나 배려하는지 잘 알아서였다. 그리고 승천무관을 찾은 일이 정말 일생일대의 선택이라고 생각했다. 만약 두 사람을 만나지 못했다면 지금의 그는 없을지도 몰랐다.

"근 시일 내에 찾아가서 돈 잘 쓰고 있는지 확인할 거다."

"나도 같이 간다."

"언제든지 와. 아니, 이참에 객잔주님이랑 애들도 다 데리고 와. 남쪽은 아직 시끄럽지만 요녕성은 조용하니까."

모용천의 말에 석진호가 순간 혹한 표정을 지었다.

안 그래도 소하정이 답답해하는 듯했는데 바람도 쐴 겸 요녕성에 다녀오는 것도 나쁘지 않을 것 같아서였다.

길을 모르는 것도 아니었고 말이다.

"괜찮을 것 같은데?"

"내 생각도 그래. 잠시 떠나 있는 것도 나쁘지 않지."

"요녕성 쪽에는 산적이랑 마적도 많다던데. 애들 실전 경험 쌓기에도 나쁘지 않을 것 같아."

말은 관도들을 위하는 것처럼 했지만 정작 들뜬 건 북궁혁이었다.

산적과 마적을 때려잡는 걸 떠올리는 모양인지 북궁혁의 엉덩이가 들썩거렸다.

실제로 요녕성에는 가 보지 못하기도 했고.

"슬슬 실전 경험이 필요할 때가 되기는 했지."

무인환생

"이제 웬만한 이류 무사들하고는 붙어 볼 만하잖아? 이기진 못하더라도 어느 정도 버티는 건 가능할 것 같은데. 딱 하나 아쉬운 게 있다면 의원이 없다는 점이지만."

북궁혁이 턱을 쓰다듬었다.

당하린이 있었다면 이런 걱정은 하지 않아도 될 텐데 아쉽게도 현재 그녀는 본가에 가 있는 상태였다.

"크게 다칠 일 있겠어? 너도 있고 한노도 있는데."

"괴물 같은 두 명도 있지."

"아, 처음 보는 두 분? 둘 다 엄청난 실력자이신 것 같던데."

"굉장하다 못해 무시무시하지."

아들인 엄진근의 무위가 한노와 비슷했다.

거기다 엄유강이 직접 말하지 않았지만 그나 한노가 느끼기에 초월경의 고수였다.

그렇기에 북궁혁은 질린 표정을 지었다.

"한 분은 쌍존에 필적하는 거 같던데."

"오, 많이 컸어. 그 정도나 가늠할 정도로."

"지금 바로 한판 뜰까, 누가 더 강해졌는지?"

"바라던 바다."

고마운 건 고마운 거고 자존심은 자존심이었다.

그렇기에 모용천은 확 달라진 눈빛으로 북궁혁을 쳐다봤다.

"말 나온 김에 바로 가자고."

"좋지."

그러고는 말릴 새도 없이 두 사람이 집무실을 나갔다.

이제는 너무나 당연하다는 듯이 뒷마당으로 향했던 것이다. 그 모습에 어느새 창문 틈에 올라온 흑휘가 고개를 절레절레 저었다. 마치 또 저런다는 듯이 말이다.

"뭐, 하루 이틀도 아니고. 그나저나 가는 길에 잡을 만한 녀석들이 있었으면 좋겠네."

냐아옹!

나른한 기색을 띠던 흑휘의 두 눈이 초롱초롱해졌다.

석진호의 말을 흑휘는 단박에 알아들었던 것이다.

"제대로 된 사냥을 안 한 지 너무 오래됐지? 이 근처에는 너랑 어울릴 만한 녀석이 없으니."

꾹꾹꾹!

흑휘가 두 눈을 반짝이며 석진호의 손등을 앞발로 꾹꾹 눌렀다. 누가 봐도 기대하는 모습에 석진호의 미소가 짙어졌다.

"조만간에 나들이 갈 거니까 그리 알고 있어. 이번에는 제법 멀리 갈 거야."

냐옹! 냐아옹!

그동안 소하정을 지킨다고 늘 승천무관에만 머물렀던 흑휘였다.

그래서인지 반응이 상당히 격렬했다.

"녀석."

무인환생

점차 빨라지는 앞발에 석진호는 피식 웃으며 이마를 긁어
주었다.

✽

투둑. 투두둑.
이상하게 가을비는 쓸쓸함이 담겨 있는 듯했다.
다른 계절과 다를 게 없는 똑같은 비인데도 말이다.
"오랜만에 조용하군."
비를 맞는다고 감기에 걸리진 않지만 그래도 굳이 맞아 가
면서 수련을 할 필요는 없기에 관도들은 실내에서 내공심법
을 수련하고 있었다.
거기다 어떻게든 그와 안면을 트려고 얼씬거리던 이들 역
시 새벽부터 내리기 시작한 비로 인해 싹 다 사라진 상태였
기에 승천무관은 오랜만에 한적한 분위기를 물씬 풍겼다.
"아주 좋아."
빗소리와 함께 차를 마시며 석진호가 오랜만에 흡족한 미
소를 머금었다.
고적하니 분위기가 아주 좋았던 것이다.
게다가 골치 아픈 일도 없기에 석진호는 딱 지금과 같았으
면 좋겠다고 생각했다.
귀찮게 하는 일도 없고 사람도 없는, 딱 지금처럼 조용하

게 말이다.

"흐음."

마치 음악소리처럼 들리는 빗소리를 음미하며 석진호가 두 눈을 감았다.

그러나 그는 단순히 빗소리만 감상하지 않았다.

느긋하게 마음을 먹고는 있지만 그는 늘 환생의 고리를 끊기 위한 방법을 고심했다.

이룰 걸 다 이루었기에 이제는 환생하고 싶지 않았다.

'너무 오랜 세월이었지.'

태극번천무를 완성하기 전까지 석진호는 수도 없이 죽었다.

맹수에게 물려 죽은 적도 수두룩했고, 심지어 환생한 지 세 시진 만에 죽은 적도 있었다.

워낙에 몸 상태가 안 좋다 보니 별거 아닌 일에 목숨을 잃은 적이 많았다.

그래서 처음에 잡은 작은 목표가 일 년만 버티는 것이었다.

'일 년을 버티고, 오 년을 버티고, 십 년을 버티면서 점점 경험이 쌓였고, 그렇게 한 단계 한 단계 차근차근 올라갔지.'

지금은 천하제일인이라는 칭호를 대수롭지 않게 여겼지만 불과 전생 때만 하더라도 석진호의 목표는 천하에 우뚝 서는 것이었다.

武人還生
무인환생

수없이 많은 환생을 버틸 수 있던 이유가 바로 천하제일인이 되고 싶다는 열망 덕분이었다.

그리고 그 목표를 석진호는 끝내 이루었었다.

"좋은 경험이었지. 그때의 환희가 아직도 선명하니까."

눈을 감으면 그때의 감동이 선명하게 떠올랐다.

그런데 천하제일인이라는 목표를 이루자 새로운 목표가 생겼다.

오랜 꿈을 이루었으니 이제는 그만 편하게 쉬고 싶었다.

"이제는 진짜 그만하고 싶다."

괴롭고 고통스러웠던 시간을 견딜 수 있었던 건 천하제일인이 되고 싶다는 열망 덕분이었다.

그리고 그 꿈을 이룬 순간 석진호의 가슴속에 있던 불꽃은 사라졌다.

이제는 그저 모든 것을 놓고 편히 쉬고 싶었다.

"어느 정도에 닿아야 이 환생의 고리를 끊을 수 있을까."

웅웅웅!

석진호의 주위로 공명음이 흘러나왔다.

마음이 동하자 진기가 따른 것이었다.

동시에 그의 앞으로 황금빛 찬연한 빛무리가 생겨나기 시작했다.

파직! 파지직!

제66장 선물은 늘 좋아

 허공에 황금빛 뇌전이 번뜩였다.

 혼원천뢰신공의 진기가 모여드는 것이었다.

 그런데 서서히 커지던 황금빛 뇌전이 이내 하나의 형상을 만들어 가기 시작했다.

 "흐음."

 잠시 후 석진호의 눈앞에 황금 빛을 뿌리는 완벽한 검 한 자루가 나타났다.

 오로지 혼원천뢰기로만 만들어진 검이었다.

 하지만 그걸 보는 석진호의 눈빛은 착잡했다.

 여기까지 오기는 했는데 좀처럼 이 이상을 나아가지 못해서였다.

"이 벽을 넘으면 무언가가 보일 것 같기도 한데……."

달리 기형검(氣形劍)이라 불리는 황금빛 검을 주시하며 석진호가 중얼거렸다.

전생에 이루었던 경지는 진즉에 뛰어넘었다.

그러나 석진호는 본능적으로 느꼈다.

이 정도로는 환생의 고리를 끊기 힘들다는 것을 말이다.

"답답하군."

일순 기형검이 흩어졌다.

운 좋게 단초를 얻고 기형검을 얻었으나 이 정도로는 부족했다.

근데 문제는 이 이상으로 가는 길이 보이지 않는다는 점이었다.

그렇다고 기형검 너머의 경지를 담고 있는 무공서도 없었다.

"이런 게 고독감인가."

깜깜한 어둠 속에 혼자 서 있는 듯한 느낌에 석진호가 입맛을 다셨다.

그러나 우울한 감정은 오래가지 않았다.

이보다 더한 악조건 속에서도 무공을 수련했던 그였다.

고작 이 정도 시련에 무릎 꿇을 정도로 석진호의 근성은 얕지 않았다.

"아직 시간은 많으니까."

그의 나이 이제 약관이었다.

현재 경지를 생각하면 백 살까지 사는 것도 가능했다.

그러니 벌써부터 조급해할 필요는 없었다.

지금 이룩한 경지만 해도 전생을 뛰어넘은 상태였으니까.

"스스로 나아가는 건 내가 가장 잘하는 것이기도 하니까."

석진호의 입가에 자신만만한 미소가 맺혔다.

수많은 환생을 거듭했지만 그는 단 한 번도 누구에게 무공을 배운 적이 없었다.

시전에서 구할 수 있는 삼재기공을 시작으로 수없이 많은 전장을 누비며 스스로를 갈고닦았다.

또한 수많은 사선을 겪으며 혼자서 무공을 쌓아 올렸기에 답답함을 느끼긴 해도 초조해하지 않았다.

또다시 환생을 겪는 건 괴롭지만 그렇다고 못 견딜 건 없었다.

늘 그렇듯이 그는 결국 답을 찾아낼 것이었다.

투둑. 투두둑.

석진호가 다시 여유롭게 찻잔을 들어 올렸다.

그러면서 그는 창밖의 풍경을 지그시 쳐다봤다.

승천무관으로 네 개의 인영이 다가왔다.

근데 특이하게도 복장이 네 명 다 달랐다.

각각 승복과 도복, 그리고 청색 무복과 거적때기를 입고 있었던 것이다.

"자, 자! 들어가자고."

그중 선두에 서 있던 거지, 풍절이 히죽 웃으며 익숙하게 승천무관의 정문을 넘었다.

아무래도 한번 왔었기에 앞장서는 것이었다.

"아미타불. 이렇게 말없이 와도 되는지 모르겠습니다."

"걱정 마, 걱정 마. 내가 연통을 보내 놓았으니까. 그 녀석 성격상 안 봤을 가능성도 있지만, 그래도 일단 연락은 했으니까 구시렁거리기는 해도 뭐라 하지는 않을 거야."

"……그게 더 무서운 일 아닙니까?"

도복을 입고 있던 장년인이 헛웃음을 흘렸다.

겉으로 보기에는 작은 무관이었지만 이곳에는 당대의 천하제일인이 있었다.

그렇기에 장년인은 은근히 긴장한 상태였다.

"자식들의 말을 들어 보면 까칠하기는 해도 말이 안 통하는 사람은 아니라고 했으니 일단은 들어가 보죠."

유일하게 청색 무복을 입은 중년인이 그리 말하며 풍절을 따라 승천무관으로 들어갔다.

그러자 다른 두 사람도 그를 따라 안으로 걸음을 옮겼다.

"어?"

근데 가장 먼저 승천무관의 정문을 넘었던 풍절이 갑자기 멈춰 섰다.

무엇을 본 건지 입을 쩍 벌리며 연무장 한쪽을 쳐다봤던 것이다.

그런 그의 모습에 세 사람도 풍절이 쳐다보는 곳을 향해 고개를 돌렸다.

"헙!"

"저, 저분이 어째서?"

그리고 똑같이 귀신이라도 본 것 같은 표정을 지었다.

생각지도 못한 인물이 승천무관에 있자 다들 깜짝 놀란 것이었다.

"고, 곡주님?"

천하의 풍절이 말을 더듬었다.

그 정도로 엄유강의 등장은 충격적이었다.

다만 범율만이 빠르게 신색을 회복하며 묘한 눈으로 엄유강을 쳐다봤다.

다른 이들과 달리 그는 숭산혈투 당시 석진호를 본 엄유강이 어떤 반응을 보였는지 알았기에 가장 먼저 표정을 가다듬고는 그에게 다가갔다.

"아미타불. 오랜만에 뵙습니다, 곡주님."

"그렇군."

"여기에는 어쩐 일이신지요?"

배분은 풍절이 가장 높았지만 현재 그는 정신을 차리지 못하고 있는 상태였기에 일행을 대표해서 범율이 물었다.

그리고 그 말에 일행이 퍼뜩 정신을 차렸다.

"있어야 할 자리에 온 것뿐이네."

"예?"

범율이 채신머리없이 반문했다.

그 정도로 엄유강의 말은 당혹감을 불러일으켰다.

하지만 엄유강은 친절하게 설명해 줄 생각이 없었다.

"여긴 어쩐 일인가?"

"무관주를 만나러 왔습니다. 숭산에서 큰 도움을 받았지만 제대로 된 감사 인사도 하지 못했으니까요."

"안내해 주지."

엄유강이 고개를 주억거렸다.

그 역시 그때 숭산에 있었기에 자세하게 설명하지 않아도 바로 알아들었다.

"흠흠!"

"허어……."

이윽고 몸을 돌리는 엄유강을 보며 도복과 무복을 입고 있는 두 사람이 여전히 당혹스러운 표정을 지었다.

이게 무슨 상황인가 싶었던 것이다.

그러나 아무리 엄유강의 말을 곱씹어도 유추해 낼 수 있는 건 하나뿐이었다.

'설마.'

'그럴 리가 있겠습니까?'

묵묵히 뒤따르는 풍절, 범율과 달리 두 사람은 서로를 쳐다보며 미간을 좁혔다.

엄유강의 말과 행동으로 한 가지 결론이 도출되었지만 둘은 순순히 그 사실을 믿기 힘들었다.

그리고 고작 한마디일 뿐이었다.

딱 한마디에 큰 의미를 부여할 필요는 없었기에 두 사람은 조용히 세 명을 따라 승천무관의 본관으로 들어갔다.

"오랜만이로구나."

"전서구는 잘 받았습니다."

"용케 확인했네?"

"정확하게는 제가 아니라 마룡이가 받았지만요."

"흘흘! 인편으로 보내면 아이들이 싫어할 것 같아서 말이다."

네 명 중 유일하게 이곳에 와 본 적이 있는 풍절이 자연스럽게 의자를 끌어당긴 후 앉았다.

그러나 그의 시선은 연신 엄유강에게 향했다.

일행을 안내해 준 엄유강이 석진호의 뒤에 시립하듯 서 있는 게 믿기지가 않아서였다.

"이제는 다들 그러려니 합니다. 워낙에 노야가 강렬한 인상을 주셔서."

"나만큼 강렬한 체취를 가진 거지가 드물기는 하지. 방주도 나에 비할 바는 아니니까."

"그건 잘 모르겠고요."

어색한 분위기를 풀고자 농을 거는 풍절에게 석진호는 선을 그었다.

숭산에서 개방주를 보긴 했지만 딱 거기까지였다.

굳이 친해지고 싶은 마음도 없고, 명성을 날릴 생각도 없기에 석진호는 무덤덤한 얼굴로 앞에 앉은 네 사람을 번갈아 쳐다봤다.

그런데 그 단순한 눈빛에 네 사람이 긴장했다.

다른 이들도 아니고 일파와 한 가문의 수장이 바로 그들인데 말이다.

그 사실에 네 사람은 속으로 헛웃음을 흘렸다.

"아미타불. 처음 뵙겠습니다, 석 시주. 소림의 범율이라고 합니다."

풍절을 지나 다시 자신에게 되돌아오는 석진호의 시선에 범율이 정중하게 인사했다.

배분도, 나이도 그가 한참 높았으나 석진호는 당대의 천하제일인이었다.

더구나 소림사를 구해 준 은인이었기에 범율은 예의를 다했다.

소림사의 방장이 아닌, 한 명의 무인이자 승려로서 석진호를 대했던 것이다.

"반갑습니다, 석진호라고 합니다."

무인환생

그런 그를 향해 석진호도 담담히 인사했다.

대개의 무인들은 소림사의 방장인 범율과의 만남에 어쩔 줄을 몰라 하겠지만 석진호는 아니었다.

지금도 천하제일인의 좌에 올랐지만 전생에서도 천하제일 인이었던 이가 석진호였다.

그리고 그때는 지금과 달리 천하를 진짜 발아래 두었었다.

구파일방과 오대세가조차도 말이다.

때문에 범율이 왔다고 해서 석진호는 딱히 당황하지 않았 다.

"화산의 명진일세."

"만나서 반갑네. 남궁후라고 하네."

범율에 이어 도복과 청색 무복을 입고 있던 두 사람이 옅 게 웃으며 자신을 밝혔다.

그러나 화산파의 장문인과 남궁세가주의 등장에도 석진호 의 표정은 딱히 변화가 없었다.

"여긴 어쩐 일이십니까?"

"바로 본론이냐."

"다들 공사가 다망하신 분들이지 않습니까."

인사가 끝나기 무섭게 석진호는 본론으로 들어갔다.

굳이 네 사람과 오래 대화를 나누고 싶지 않아서였다.

다른 이들이라면 어떻게든 이들과 자리 한번 만들고 싶겠 지만, 그는 아니었다.

그렇기에 석진호는 만사가 귀찮다는 표정을 지었다.

"속내를 너무 대놓고 드러내는 거 아니냐?"

"그래도 문전 박대는 피하지 않았습니까."

"끄응!"

풍절이 앓는 소리를 냈다.

예전에도 그랬지만 석진호는 평범한 무인들과는 그 궤가 달랐다.

아마 여기 넷을 앉혀 놓고 저런 표정을 지을 수 있는 건 석진호가 유일할 터였다.

'근데 문제는 우리가 눈치를 보는 입장이라는 거지.'

어이가 없지만 이상하게 기분이 나쁘진 않았다.

다른 아이였다면 볼기짝을 두들겨 팼겠지만 눈앞에 앉아 있는 건 석진호였다.

당대 천하제일인이라 불리는 무인인.

"다른 분들도 아니고 소림사, 화산파, 남궁세가를 대표하시는 분들이 이유 없이 여기까지 오실 리가 없으니까요."

"허허, 거창한 이유는 아니고, 직접 감사 인사를 드리고 싶어서 찾아왔습니다. 큰 도움을 받았는데 제대로 된 인사를 못 드린 것 같아서요. 만약 석 시주께서 숭산에 와 주시지 않았다면 저희는 이렇게 앉아 있지 못할 겁니다."

범율의 말에 남궁후가 고개를 주억거렸다.

그때 석진호와 북궁벽이 나서지 않았다면 그는 목내이가

되었을 터였다.

"다만 인사가 늦은 건 역천마궁을 처리하는 게 먼저라고 생각했기 때문입니다. 뿌리를 남겨 놓으면 언제 또 흡정마인이 나타날지 몰랐기에 저희는 그 뿌리를 뽑는 게 먼저라고 생각했습니다."

"충분히 이해합니다. 저라도 그렇게 했을 테니까요. 그런데 뿌리는 확인하셨습니까?"

범율의 얼굴이 어두워졌다.

역천마궁주의 행적을 모조리 뒤졌음에도 끝내 흡정마공을 어떻게 얻었는지 알아내지 못해서였다.

분명 활동했던 지역에서 흡정마공을 얻었을 텐데 어디에서도 흡정마공의 원본을 찾을 수 없었다.

"아직 못 찾았다. 우리 애들도 가세해서 샅샅이 뒤지고 있는데 눈곱만큼도 안 보여. 마치 하늘에서 뚝 떨어진 걸 익힌 것 같아."

말이 없는 범율을 대신해 풍절이 입을 열었다.

그런데 그의 표정에도 답답함이 가득했다.

중원에서 가장 많은 방도들을 데리고 있는 게 개방이었다.

어디를 가든, 심지어 새외에도 있는 게 거지였다.

한데 그 많은 거지들이 합세했음에도 불구하고 조금의 흔적도 찾을 수가 없었다.

"그렇군요."

"별로 안 놀란다?"

"역사가 말해 주고 있지 않습니까. 흡정마인이 나타난 건 이번이 처음이 아니고, 과거에도 흡정마공을 찾은 이들은 많았습니다. 물론 이유야 각기 다르겠지만 중요한 건 그렇게 찾았음에도 흡정마공이 적힌 비급은 찾지 못했다는 거죠. 그리고 귀신처럼 어느 순간 흡정마공을 익힌 마인이 나타났고."

"……그렇지."

풍절이 떨떠름한 표정을 지었다.

그 역시 그러한 역사를 모르지 않아서였다.

그래서 그는 이번에야말로 반드시 찾고 싶었다.

다시는 역천마궁주 같은 흡정마인이 나타나지 않도록 그 맥을 끊어 버리고 싶었다.

하지만 결과는 썩 좋지 않았다.

모두가 합심해서 흡정마공을 찾고 있었으나 진전은 없었다.

"개인적으로 응원합니다. 흡정마공은 나타나서는 안 되는 무공이니까요."

"다 함께 노력하고 있으니 좋은 결과가 나오지 않을까 싶다."

"흠흠! 이거 받으시지요."

탁.

풍절과의 대화가 어느 정도 마무리된 듯하자 범율이 조심

무인환생

스럽게 품속에서 작은 목함 하나를 꺼내 석진호 앞으로 내밀었다.

그러자 명진은 물론이고 남궁후가 깜짝 놀랐다.

어디서나 볼 수 있는 평범하기 짝이 없는 목함이지만 내용물은 달랐다.

작은 목함 안에 무엇이 들어 있는지 알기에 둘은 놀란 얼굴로 범율과 목함을 번갈아 쳐다봤다.

"빈손이 아닐 거라고 생각하기는 했지만, 예상보다 큰 걸 가져왔네?"

"소림은 은혜를 잊지 않습니다. 더구나 석 시주 덕분에 수많은 이들이 목숨을 구함받지 않았습니까. 오히려 약소한 걸 준비해서 죄송합니다."

"허어."

풍절이 어이없다는 표정을 지었다.

작은 목함은 굳게 닫혀 있었지만 은은하게 흘러나오는 향은 내용물이 무엇인지 짐작하게 해 주었다.

그렇기에 풍절은 실소를 흘렸다.

"대환단이 약소하다면 우리가 준비한 건 형편없는 수준이겠는데."

"이거 꺼내지도 못하겠는데요."

명진과 남궁후도 풍절과 똑같은 반응을 보였다.

그 정도로 대환단이 주는 무게감은 상당했다.

소환단은 일 년에 한두 개 정도는 제조하는 게 가능했다.

하지만 대환단은 달랐다.

재료를 구하는 것도 힘들뿐더러 재료가 갖추어졌다고 해서 반드시 만들 수 있는 영단이 아니었다.

그렇기에 세 사람은 놀라움을 감추지 못했다.

"석 시주께서 해 주신 일에 비하면 진짜 약소한 물건입니다. 그러니 부담 가지지 않으셔도 됩니다."

"감사히 받겠습니다."

석진호가 담담히 대환단을 받았다.

선물을 준 사람의 성의를 생각해서 거절하지 않았던 것이다.

애초에 선물을 마다하는 성격도 아니었고, 대환단 정도의 영단은 가지고 있으면 무조건 이득이었다.

억만금이 있다고 해도 구할 수 없는 게 대환단이었다.

"저야말로 거절하지 않아 주셔서 감사합니다."

"좋은 일에 사용하겠습니다."

"대환단이라 하나 물건일 뿐입니다. 필요하실 때 사용하시면 됩니다."

무영신투의 무덤에도 딱 하나 있던 게 대환단이었다.

그렇기에 석진호는 기쁜 기색을 감추지 않았다.

대환단 정도면 죽어 가는 사람도 살릴 수 있었기에 목숨을 하나 더 가지고 있다고 해도 과언이 아니었다.

무인환생

"이거 민망하네. 나는 진짜 아무것도 준비 안 했는데."

"괜찮습니다. 이게 있으니까요."

"물욕이 없다고 생각했는데 말이지."

"연연하지는 않지만 그렇다고 마다하지도 않습니다."

"흘흘!"

풍절이 피식 웃었다.

이런 모습을 보니 새삼 석가장 출신이라는 게 떠올랐던 것이다.

스윽.

뒤이어 남궁후와 명진도 준비한 선물을 꺼냈다.

대환단과 달리 두 사람이 꺼낸 선물은 고급스러운 비단으로 포장이 되어 있었는데 두 개는 크기부터가 달랐다.

명진이 준비한 선물은 길쭉했고, 남궁후가 꺼낸 선물은 대환단처럼 아담했다.

"꺼내기가 부끄럽지만, 그래도 가져왔으니 주는 게 맞을 것 같아서."

"내가 준비한 건 무관주가 예상하는 게 맞을 걸세."

"우리가 봐도 검인데?"

명진의 장난스러운 말에 풍절이 피식 웃으며 중얼거렸다.

비단으로 포장했다고 하나 누가 봐도 검인 걸 알 수 있어서였다.

"그럼 알고 있는 것부터 확인해 볼까요."

"역시 마다하지 않는구나."

"주시겠다는데 거절하는 건 예의가 아니죠."

"우리를 문전 박대했으면 이게 다 날아갔을 게야, 흘흘흘!"

"제가 감이 좋은 편이라."

석진호가 그리 대답하며 고급스럽게 묶여 있는 비단을 풀었다.

그러자 예상했던 대로 검 한 자루가 모습을 드러냈다.

"호오, 저 검은?"

"맞습니다. 백 년 전 천하십대검객 중 한 분이셨던 백화검객(百華劍客) 대협께서 사용했던 백아(白牙)입니다."

"마지막 행방이 묘연했었는데, 화산에서 머무르셨나 보군."

"당시 장문인과 함께 지내셨다고 들었습니다."

역시 오랜 세월을 살아와서 그런지 풍절의 견문은 상당히 깊었다.

검갑과 검병만 보고 백아검을 알아봤던 것이다.

스르릉.

그사이 석진호는 천천히 백아검을 뽑았다.

이름처럼 새하얀 검신을 가진 검은 오랫동안 세상을 보지 못했음에도 불구하고 여전히 서늘한 예기를 품고 있었다.

웅웅웅!

그뿐만 아니라 석진호가 마음에 든다는 듯이 검명을 토해 냈다.

진기를 주입하지 않았음에도 스스로 소리를 냈던 것이다.

"새로운 주인이 마음에 드는 모양이야."

"훌륭한 검이군요."

"하지만 화산의 검을 펼치기에는 살짝 아쉬운 검이라."

명진이 어깨를 으쓱했다.

백아검은 신검이라 불리긴 힘들지만 능히 보검이라 불리기에 모자람이 없는 검이었다.

그러나 안타깝게도 화산파의 검법을 십분 발휘하기에는 맞지 않았다.

때문에 사용하지는 못하고 보관만 하고 있다가 이참에 생색을 낼 겸 가져왔는데 다행히 석진호와 궁합이 맞는 모양이었다.

"감사합니다. 잘 사용하겠습니다."

"마음에 든다니 다행이군."

흡족해하는 석진호의 표정에 명진 역시 웃음을 띠었다.

받은 사람이 마음에 들어 하니 그 역시 기분이 좋아졌던 것이다.

"이제 마지막만 남았군."

"제 건 별거 아닙니다."

"그건 까 보면 알겠지."

풍절이 의미심장한 표정을 지었다.

다른 곳도 아니고 남궁세가의 주인이 꺼낸 선물이었다.

그런 선물이 결코 작을 리 없기에 풍절은 기대하는 표정을 지었다.

스윽.

드디어 석진호의 손이 마지막 선물에 닿았다.

그리고 비단이 벗겨지며 작은 패 하나가 모습을 드러냈다.

금과 은이 절묘하게 섞인, 남궁(南宮)이라는 두 글자가 크게 양각되어 있는 동그란 패의 모습에 좌중의 시선이 집중되었다.

"본가에 큰 도움을 준 이에게 주는 신분패일세. 석 공자를 포함해서 지금껏 세상에 딱 두 번 모습을 드러낸 패이기도 하고. 사용법은 간단하네. 딱 한 번, 본가는 그 어떤 부탁이든 들어줄 걸세."

"너무 크게 지르는 거 아냐?"

"제 목숨값을 생각하면 절대 크다고 생각하지 않습니다."

"다른 목적이 있는 건 아니고?"

풍절이 묘한 눈으로 남궁후를 쳐다봤다.

마치 그의 속내를 훤히 읽고 있다는 듯이 말이다.

하지만 남궁후도 만만치 않았다.

떠보는 듯한 그의 말을 미소로 여유롭게 흘려 냈던 것이다.

"그럴 리가요. 전 순수하게 감사 인사를 전하러 왔을 뿐입

무인환생

니다."

"흐음."

풍절이 미심쩍은 표정을 지었다.

아무리 생각해도 선물의 의도를 순수하게 받아들일 수가 없어서였다.

그러나 딱히 꼬투리 잡을 게 없기에 풍절은 어쩔 수 없이 한발 물러났다.

"잘 쓰겠습니다."

"기한은 정해지지 않았으니 언제라도 필요할 때 쓰면 되네."

"알겠습니다."

자신의 선물을 챙기는 석진호를 보며 남궁후가 의미심장한 표정을 지었다.

이걸로 끈은 확실하게 만든 것 같아서였다.

들리는 소문에 구대문파를 비롯한 명문 세가 몇 곳이 석진호를 견제하려 준비 중이라고 하는데, 그 말을 들었을 때 남궁후는 대놓고 비웃었다.

견제할 수 있는 존재였으면 천하제일인의 자리에 오르지 못했을 것이기 때문이다.

물론 그들의 마음을 이해하지 못하는 건 아니었다.

상황이 상황이니만큼 위기감을 느끼는 게 맞지만, 그래도 현실을 직시해야 했다.

'향후 최소 오십 년 동안은 이 아이가 중원을 지배하겠지.'

남궁후가 속으로 실소를 흘렸다.

견제? 그건 엇비슷한 상태에서나 할 수 있는 것이었다.

지금 당장 석진호에게 비빌 만한 인물이 없는 마당에 견제하려 했다가는 도리어 당할 가능성이 컸다.

게다가 석진호는 혼자가 아니었다.

'중원 상계의 지배자나 다름없는 석가장의 주인이 부친이고, 석풍표국 역시 표국계에서는 최고의 자리에 있지. 거기다 하북팽가와 사천당가가 지지하고 북해빙궁까지 곁에 있는 마당에.'

석진호는 단순히 작은 무관의 주인이 아니었다.

승천무관은 작았지만 그의 곁에는 내로라하는 곳들이 즐비했다.

그리고 지금은 비성곡주까지도 함께하고 있었고.

'무조건 잡아야 해.'

강호에는 잘 알려지지 않았지만 남궁세가의 주인인 그는 신비 문파인 비성곡의 힘을 잘 알았다.

그래서 엄유강을 여기서 봤을 때 놀란 것이었고.

심지어 그는 엄유강이 저렇게 누군가를 보필하듯 서 있을 것이라고는 단 한 번도 생각한 적이 없었다.

그런데 지금 엄유강은, 소림사와 무당파조차 긴장하게 만드는 신비 문파 비성곡의 수장은 마치 시종처럼 석진호의 뒤

무인환생

에 서 있었다.

'다행히 연이도 마음에 들어 하니.'

지금까지 남궁후는 자식들을 정략결혼 시킬 생각이 없었다. 그 역시 정략결혼을 했기에 자식들만은 좋아하는 사람을 만나 행복한 가정을 꾸리길 바랐다.

물론 그렇다고 해서 아무나 허락할 마음은 없지만, 그래도 자신이나 부인이 골라 줄 마음은 없었다.

하지만 석진호를 보자 남궁후는 욕심이 생겼다.

'당하린과 팽나연이 있기는 하지만, 아직 결정된 건 아무것도 없잖아?'

남궁후의 입가에 음흉한 미소가 떠올랐다.

경쟁해야 하는 곳이 사천당가와 하북팽가였지만 그의 가문은 남궁세가였다.

천하제일가라는 칭호에 가장 근접해 있는.

또한 경쟁은 남궁세가 사람에게 있어 너무나 익숙한 것이었다.

"곡주님에 대해서 물어봐도 말해 주지 않겠지?"

"잘 아시네요."

"설명해 주는 게 그리 어려워?"

"사적인 내용이라, 좀 그렇습니다."

풍절이 입맛을 다셨다.

저리 말하면 더 이상 조르기가 힘들어서였다.

물론 그가 조른다고 순순히 말해 줄 석진호도 아니었지만.

"치사하다, 치사해!"

"어쩔 수 없습니다, 개인 사정이라."

"일부러 그렇게 몰아가는 건 아니고?"

"죄송합니다."

조금의 틈도 주지 않는 석진호의 모습에 결국 풍절은 포기했다.

대신 그는 상대를 바꿨다.

석상처럼 서 있는 엄유강을 쳐다봤던 것이다.

하지만 그런 그의 모습에 석진호는 속으로 웃었다.

'쉽지 않을걸.'

풍절이나 범율은 분명 엄유강을 오랫동안 보고, 알아 왔을 터였다.

하지만 그들보다 엄유강을 더 잘 아는 게 자신이었다.

역대 비성곡주들과 가장 많이 만난 게 그이기도 했고.

'겨울이 오기 전에 가야겠어.'

대화가 쉴 새 없이 이어졌지만 석진호는 딴생각을 하고 있었다.

당하린이 키우고 만든 화차를 음미하며 어느새 가을 분위기를 물씬 풍기는 창밖을 쳐다봤다.

이른 아침부터 승천무관이 소란스러웠다.

안주인이라 할 수 있는 소하정이 새벽부터 승천무관 곳곳을 들쑤셨던 것이다.

그런데 그건 관도들도 마찬가지였다.

이상하게 들뜬 기색으로 아이들은 이리저리 움직였다.

"인수인계 확실하게 해!"

"목장이나 텃밭, 과수원 관리하는 거 제대로 알려 줘!"

"걱정하지 마! 내가 잠꼬대를 할 정도로 머릿속에 각인시켜 놓을 테니까!"

하나같이 들뜬 얼굴로 정신없이 움직이는 아이들의 모습을 석진호가 집무실에서 내려다봤다.

그런데 바삐 움직이는 건 아이들만이 아니었다.

늑대들의 아빠인 정마룡도 오늘만큼은 석가장에서 지낼 때처럼 빠릿빠릿하게 움직였다.

"오랜만의 외출이라서 그런가."

"그것보다는 처음으로 다 같이 외출해서 그러는 것 같습니다. 이렇게 모두가 함께 외출한 적은 없으니까요."

평소와 달리 석진호의 곁에는 채소강이 있었다.

상대적으로 준비할 게 없기에 정마룡, 탁윤을 대신해 석진호의 곁을 지켰던 것이다.

"소설이도 신나 보이네."

"오랜만의 나들이니까요. 또 역천마궁으로 인해 한동안 반쯤 갇혀 있다시피 해서 더 신난 것 같습니다."

"좋아하니 다행이네."

소하정과 함께 승천무관 곳곳을 헤집고 다니는 채소설의 입가에는 연신 미소가 맺혀 있었다.

유명한 곳도 아니고 변방이라 할 수 있는 요녕성에 가는 것이었지만 그럼에도 소하정과 채소설은 신나 보였다.

"저도 기대가 됩니다. 요녕성은 처음이거든요."

"별거 없어. 사람 사는 곳이 다 똑같지 뭐."

은근히 기대하는 채소강과 달리 석진호는 심드렁한 표정을 지었다.

이번 생에서야 요녕성이 처음이었지 전생을 포함하면 누구보다 요녕성에 대해 잘 아는 게 석진호였다.

따로 길잡이가 필요 없을 정도로 말이다.

"모두에게 좋은 경험이 될 것 같습니다."

"그렇겠지. 근데 그 전에 마차가 터지지 않았으면 좋겠는데."

석진호의 시선이 연무장 한쪽에 세워져 있는 마차로 향했다. 석풍표국에서 선물받은 바로 그 마차였는데, 출발이 내일임에도 불구하고 마차에는 짐이 한가득 실려 있었다.

마차 지붕이 무너지지 않을까 싶을 정도로 말이다.

"하하하……."

제67장 너희는 좋은 경험이었다

지금 이 순간에도 마차의 뒷부분에는 짐이 실리고 있었다.

소하정과 채소설이 낑낑거리며 알 수 없는 무언가를 실었던 것이다.

그리고 그 옆에는 힘이 장사인 탁윤이 있었다.

"언덕을 올라갈 수 있으려나 모르겠네."

"사두마차이지 않습니까. 경사가 심하면 저희도 있으니까 오르막길은 걱정하지 않아도 될 것 같습니다. 짐은 많지만 마차에는 두 명만 타니까요."

냐아옹.

몸을 최대한 웅크리고서 따사로운 햇살을 만끽하고 있던 흑휘가 낮게 울었다.

마치 자신도 있다는 듯이 말이다.

"네가 얼마나 무겁다고."

이제는 친숙해진 흑휘를 향해 채소강이 웃으며 말했다.

하지만 대답은 없었다.

굳이 대답할 필요 없다는 듯이 귀도 쫑긋거리지 않는 모습에 채소강은 헛웃음을 흘렸다.

영물이라 그런지 가끔은 진짜 사람을 상대하는 듯한 느낌이 들었다.

"인수인계는 잘되고 있어? 거리가 거리인 만큼 일정이 꽤 길어서 목장이나 텃밭은 관리를 잘해야 해. 과수원이야 아직 추수할 시기가 아니니 놔둬도 되지만 특히 목장은 애들 끼니도 챙겨야 하니까."

"추가 수당이 상당해서 그런지 배우려는 의지가 상당합니다. 그 부분은 걱정하지 않으셔도 될 것 같습니다."

"그렇다면 다행이고."

석진호는 더 이상 염려하지 않았다.

밑에 아이들이 어련히 알아서 잘하겠거니 했다.

더 이상 어린아이들도 아니고, 이제는 경험도 일천하지 않았다.

"근데 저거 다 못 실을 것 같은데."

"아무래도 인원이 많은 만큼 이래저래 짐이 많은 것 같습니다. 마차에 다 못 실으면 달구지나 짐마차를 하나 더 가지고 가면 되지 않을까요? 두 개 다 사용하던 게 있고, 소와 당나귀도 있으니 이동하는 건 문제없을 것 같습니다."

"말을 좀 해야겠는데. 그냥 가다가 필요한 거 사면 되는데."

지치지도 않는지 계속해서 무언가를 가져와 마차에 싣는 소하정과 채소설의 모습에 석진호가 결국 자리에서 일어났다.

자제시키지 않으면 진짜 짐을 산더미처럼 만들 것 같아서였다.

"불필요한 지출과 낭비를 싫어하시니까요."

"돈이 없는 것도 아니고. 웬만한 건 그냥 사면 돼."

벌떡 일어난 석진호가 방을 나섰다.

아무리 봐도 말려야 할 것 같아서였다.

그런 석진호를 따라 채소강과 엄유강도 몸을 돌렸다.

정마룡이 날카로운 눈빛으로 주변을 훑었다.

그런 그의 주위로 삼랑이들을 비롯한 늑대 일가가 코를 킁킁거리며 주변을 훑었다.

주인을 따라 주변을 탐색하는 것이었다.

낯선 지역임에도 거침없이 사방을 들쑤시고 다니던 늑대들 중 청랑이가 고개를 들고 낮게 울부짖었다.

우우우!

청랑이의 울음소리에 사방에 흩어져 있던 늑대들이 모여들었다.

사냥감을 발견했다는 소리에 순식간에 모여든 것이었다.

파파팟!

그러더니 이내 한곳을 향해 질주했다.

선두에 선 청랑이를 따라 늑대들이 일제히 달려가는 모습에 정마룡이 피식 웃었다.

"사냥이 이렇게 쉬울 줄은 몰랐는데."

"그러게요. 내심 걱정했는데 그럴 필요가 없네요."

"대신 인원이 많은 만큼 사슴이나 멧돼지 한두 마리로는 해결이 안 된다는 게 문제지."

"알아서 넉넉히 잡아 오지 않을까요?"

탁윤이 어깨를 으쓱거렸다.

삼랑이들을 필두로 늑대들이 움직이는 걸 보니 양은 걱정하지 않아도 될 것 같아서였다.

"모자라면 애들 싹 다 풀어야지. 인원이 많으니까 몰이사냥이 가능할 거야."

"맹수가 나타나도 크게 걱정할 필요는 없죠. 영물이 아니라면 아이들 손에서 정리가 되니까요."

"호랑이는 잡고 싶다. 무관에 호피 하나 정도는 있어서 나쁠 거 없잖아?"

순간 탁윤이 혹한 표정을 지었다.

武人還生
무인환생

안 그래도 승천무관이 너무 단출하다는 느낌이 들던 차였다. 그러니 호피나 웅피 몇 개가 있으면 나쁘지 않을 것 같았다.

"괜찮은 생각인데요?"

"이런 때가 아니면 우리가 언제 또 사냥을 해 보겠어? 그리고 사냥꾼보다 우리가 더 상처 없이 잡을 수 있을걸."

"저는 자신 있습니다."

산중지왕이라 불리는 호랑이지만 지금 탁윤의 외공이라면 충분히 견딜 수 있었다.

아니, 견디는 것을 넘어 맨손으로 이빨을 부러뜨리거나 두개골을 깨부수는 게 가능했다.

지금의 탁윤은 외공을 극성으로 펼치면 검강도 견뎌 낼 정도였다.

"나도 아직 실전에서 도강을 자유자재로 사용할 정도는 아니지만 흑휘급의 영물이 아니라면 충분히 호랑이를 잡을 만하지."

"한번 찾아볼까요?"

"마음이 꽤나 동한 모양이다?"

"지금까지 너무 받기만 했으니까요."

정마룡이 고개를 주억거렸다.

안 그래도 어떻게 은혜를 갚아야 하나 매일 생각했다.

석진호는 딱히 신경 쓰지 않았으나 그나 탁윤은 달랐다.

"짬을 내서 한번 돌아볼까? 마침 오늘은 야영을 하니까. 탐색은 애들 데리고 하면 되고."

"흐음, 아이들에게도 좋은 경험이 될 것 같은데요."

멀리서 멧돼지를 한 마리씩 물고서 위풍당당하게 끌고 오는 삼랑이를 보며 탁윤이 말했다.

지금의 삼랑이라면 단독으로 호랑이와 싸워서 이기긴 힘들겠지만 가족과 함께라면 승산이 있을 것 같았다.

또한 호랑이와의 싸움은 늑대들에게도 좋은 경험이 될 터였고 말이다.

"첫 번째는 안 돼. 가죽 상한다. 처음 발견한 녀석은 무조건 너나 내가 잡아야 해. 상처 하나 없이."

"아. 그건 생각 못 했네요."

"이왕이면 사람 맛을 아는 호랑이였으면 좋겠는데. 괜히 조용히 있는 녀석을 잡는 것보다는 사람을 덮치는 녀석이 양심에 가책을 덜 느낄 거 같아."

"찾을 수 있을까요."

탁윤이 회의적인 표정을 지었다.

그렇게 상황에 딱 들어맞는 짐승이 있을까 싶어서였다.

"사람 냄새를 맡고 오는 녀석이면 그럴 가능성이 크지 않을까? 영물이 아닌 녀석들은 멍청하잖아. 거대 물뱀만 봐도, 관주님의 기운을 제대로 느꼈다면 그렇게 무모하게 덤볐겠어?"

"하긴."

무인환생

영리한 짐승도 있지만 대부분은 본능에 충실했다.

물론 본능적으로 위기감을 느끼고 몸을 사리는 녀석들도 있긴 했다.

하지만 그런 경우는 드물었다.

"사슴도 잡아 왔네. 오늘 저녁은 푸짐하게 먹겠는데?"

"육포보다는 훨씬 낫죠."

"먹을 만한 채소가 있나 찾아보자. 너무 고기만 먹는 것도 좋지 않으니까. 가져온 건 최대한 아껴야지."

"알겠습니다."

위풍당당하게 자기 덩치만 한 멧돼지를 물고 온 삼랑이들의 머리를 부드럽게 쓰다듬어 준 후 정마룡은 탁윤과 함께 주변을 돌았다.

구운 고기와 함께 먹을 만한 채소가 있나 살펴봤던 것이다.

잠시 후 먹을 만한 것들을 넉넉히 채집한 둘은 야영지로 돌아갔다.

"벌써 다 지었네?"

괜히 짐마차를 추가한 게 아니라는 듯이 공터에는 천막이 줄지어 세워져 있었다.

두 사람이 늑대들과 함께 사냥을 나간 사이 아이들은 천막을 세웠던 것이다.

그리고 소하정과 채소설은 저녁을 준비하는 데 여념이 없었다.

곳곳에 놓인 냄비를 왔다 갔다 하며 음식을 만들었다.

"어머? 그걸 다 잡은 거야?"

"애들이 잡았어요. 저희는 주변 탐색 좀 하고 이거 캐 온 게 다예요."

"역시 늑대는 늑대로구나. 집에서는 강아지나 다름없었는데 밖에 나오니 완전 맹수네."

컹컹!

자신들을 칭찬하는 걸 알아들었는지 끌고 온 멧돼지와 사슴 그리고 토끼를 내려놓은 늑대들이 강아지처럼 꼬리를 흔들며 소하정에게 머리를 비볐다.

더 칭찬해 달라는 듯이 말이다.

순식간에 늑대들 사이에 파묻혔지만 소하정은 익숙하다는 듯이 늑대들을 하나하나 쓰다듬어 주었다.

헥헥헥!

그런 소하정의 손길에 삼랑이들은 물론이고 자식들도 배를 까뒤집었다.

우두머리가 석진호고 서열 이 위가 흑휘였지만 늑대들은 알았다.

진짜 실세가 소하정이라는 사실을 말이다.

그래서 늑대들은 자존심은 내팽개치고 아양을 떨었다.

"아이들에게 멧돼지 두 마리는 줘야겠지?"

武人還生
무인환생

"안 줘도 될 것 같습니다. 이건 우리가 먹을 거고, 자기들이 먹을 건 알아서 사냥해 먹을 겁니다."

"그래?"

"네. 여기 주변이 다 산이잖아요. 얘들한테는 먹을 거 천지죠."

"그렇긴 하네."

정마룡의 말마따나 사방이 다 산이었다.

그리고 강아지처럼 애교를 부린다지만 늑대들은 엄연히 맹수였다.

더욱이 지금 모여 있는 숫자만 해도 열 마리였으니 영물이 아니면 늑대들을 감당하기 힘들 터였다.

"내일 아침까지 무법자처럼 뛰어다닐 거예요."

"아이들도 오는 내내 신났더라."

어느새 빨빨거리며 주변을 돌아다니는 늑대들의 모습에 소하정이 싱긋 웃었다.

오랜만의 외출에 다들 좋아하니 그녀도 즐거웠던 것이다.

"바로 손질해서 드릴게요."

"그러면 고맙지."

"자, 자! 빨리하자."

"네."

관도들은 각자 맡은 바 일을 하고 있었기에 정마룡은 탁윤과 함께 늑대들이 잡은 짐승들을 손질했다.

가죽을 벗기고 내장을 빼낸 다음 용도에 맞게 적당히 잘랐다.

그런데 그 속도가 무시무시하게 빨랐다.

숙련된 조교처럼 조금의 불필요한 움직임 없이 완벽하게 각각의 부위를 분리했다.

"우와!"

"역시 교두님들! 우리와는 격이 달라!"

"근데 이렇게 야영하니까 왠지 표행을 하는 것 같지 않아?"

"나도 그 생각 했는데. 이렇게 우르르 모여 있기도 하고 마차를 호위하니까 왠지 표사가 된 거 같더라고."

천막을 세우고, 땔감을 가져와 불을 피우고, 식수 등을 챙긴 아이들이 삼삼오오 모여 수다를 떨었다.

다 함께 처음으로 하는 야영에 다들 들뜬 것이었다.

"소설대로라면 딱 지금 산적이 나와야 하는데."

"이 근처에 유명한 산채가 있나?"

"잘 모르겠는데. 요녕성이 하북성과 붙어 있기는 하지만 워낙에 변두리 취급을 받는 곳이라 알려진 게 없어."

"산적이 아무리 멍청해도 눈이 있어. 다른 사람도 아니고 관주님이 계신데 덤비겠어?"

친구들의 대화를 듣던 유하일이 혀를 찼다.

마차에 타고 있다면 모를까 석진호 역시 관도들과 마찬가

武人還生
무인환생

지로 두 발로 직접 이동했다.

그리고 그 곁에는 어디를 가도 눈에 띄는 백발을 지닌 북궁혁이 있었고.

거기다 승천무관의 명물이라 할 수 있는 늑대들이 우르르 모여 있는데 머저리가 아니라면 석진호를 알아보지 못할 리가 없었다.

더욱이 지금 천하에서 가장 유명한 이가 석진호인 만큼 근처에 산채가 있어도 뛰어나오기는커녕 숨기 급급할 터였다.

"눈깔이 삐었을 수도 있지."

"무식하면 용감하다잖아. 그리고 지금은 밤이라 소궁주님의 머리카락이 안 보일 수도 있고."

"새벽에 기습할 수도 있지."

"가능할까? 흑휘도 있고 삼랑이 일가도 있는데."

"그 전에 관주님의 기감에 걸릴 것 같은데."

이춘욱과 육기춘이 속사포처럼 말을 뱉었다.

이성적으로 따지자면 유하일의 말이 맞았다.

하지만 세상은 결코 이성적으로만 흘러가지 않았다.

"모두 멈춰라!"

"무기를 버려라!"

스스스슥!

말이 씨가 된다는 말처럼 야영지 주위로 수십 개의 크고 작은 그림자들이 생겨났다.

하나같이 험상궂은 얼굴을 가진 산적들이 나타났던 것이다.

그러나 호기롭게 외친 그들의 포효에도 누구 하나 긴장한 기색을 보이지 않았다.

오히려 다들 두 눈을 초롱초롱하게 빛냈다.

"뭐, 뭐야?"

"얘들 왜 이래?"

장내에 흐르는 이상한 분위기를 느낀 걸까.

기세등등하게 등장했던 산적들이 일순 멍한 표정을 지었다.

예상했던 것과는 전혀 다른 분위기에 이게 무슨 상황인가 싶었던 것이다.

하지만 모두가 그런 건 아니었다.

"정신 안 차려!"

독사채의 채주 독사가 버럭 소리를 질렀다.

비쩍 마른 체구에서 나온 것이라고는 믿기 힘들 정도로 우렁찬 목소리였는데, 그 외침에 어리둥절한 기색이던 산적들이 표정을 가다듬었다.

그러고는 다시 사나운 얼굴로 관도들을 노려봤다.

꼴에 병장기를 하나씩 차고 있기는 하지만 대부분이 십 대인 아이들이었다.

그렇기에 산적들은 오랜만에 쉽게 한탕 할 수 있으리라 생

무인환생

각했다.

숫자가 많지만 그래 봤자 애송이들이었기에 산적들은 비릿하게 웃으며 각자 병기를 들어 올렸다.

"좋게 말할 때 항복해라! 그럼 목숨은 살려 주마!"

"물론 평생 노예로 살아야겠지만."

"근데 왜 여자가 없는 거야?"

독사의 말이 끝나기 무섭게 그의 주변에서 툴툴거리는 소리가 흘러나왔다.

인원은 많았지만 실속이 전혀 없어서였다.

여자라고는 딱 두 명이 있었는데 그나마 그중 한 명은 중년이었다.

나머지 한 명이 어리고 나름 미색이 있다고 하나 고작 두 명으로는 재미를 볼 수 있는 건 몇 명뿐일 것이기에 대부분의 산적들이 불퉁한 표정을 지었다.

"이야, 산적이라는 게 진짜 존재했구나. 나 중원에 와서 산적 처음 봐."

"다른 성들에 비해 요녕성이 좀 더 많은 편이지. 마적단도 있고."

"영업을 저렇게 하는구만. 신기하네."

나름 흉흉한 기세를 풍기려 애썼지만 북궁혁의 눈에는 그저 가소로워 보일 뿐이었다.

두령으로 보이는 채주가 나름 무공을 제대로 익힌 듯해 보였지만 그래 봤자 일류에 턱걸이하는 수준이었다.

잘 쳐줘야 채소강보다 조금 나은 정도였기에 북궁혁은 조금도 긴장하지 않았다.

대신 두 눈을 초롱초롱하게 빛내며 곧 이어질 싸움을 기대했다.

"이놈의 새끼들이 버르장머리없이! 감히 본좌가 말하는데!"

석진호와 북궁혁은 물론이고 아이들조차 긴장한 기색 없이 태평한 모습에 독사가 얼굴을 잔뜩 일그러뜨리며 소리쳤다.

우는 아이도 울음을 뚝 그칠 정도로 흉측한 얼굴이었으나 아이들은 눈 하나 꿈쩍하지 않았다.

오히려 그의 고성이 신경을 건든 듯 삼랑이를 비롯한 늑대 일가족이 송곳니를 드러내며 으르렁거렸다.

독사 정도면, 자신들이 전부 달려들면 해볼 만하다고 생각하는 듯했다.

"본좌라니, 네 주제에?"

"허!"

거기에 기가 차다는 듯한 북궁혁의 반응에 독사는 화가 부글부글 끓었다.

머리에 피도 안 마른 애송이들이 겁대가리를 상실한 것 같아서였다.

무인환생

그러던 중 그의 눈에 묘한 것이 들어왔다.

일렁이는 모닥불에 비춰 보이는 북궁혁의 머리카락이 다른 사람들과는 확연히 달랐다.

'어려 보이는데, 백발?'

늙었다고는 보기 힘든 탱글탱글한 얼굴 피부와 달리 북궁혁의 머리카락은 새하얀 백발이었다.

게다가 은연중에 풍겨 나오는 자태가 범상치 않았다.

딱 봐도 명문 세가의 자제 같은 느낌이라고나 할까.

흠칫!

거기까지 생각이 닿은 순간 독사의 뇌리로 한 명이 떠올렸다.

현재 천하를 위진시키는 세 명 중 한 명이 떠올랐던 것이다.

그리고 지금의 방향이면 모용세가가 있는 심양이 나왔다.

'서, 설마? 그럴 리가 없어! 그들을 이런 외진 곳에서 만날 리가……!'

독사가 강하게 부정했다.

하지만 그럴수록 그의 몸에서 일어나는 떨림은 더욱 커졌다.

"저 녀석 내 정체를 눈치챈 거 같은데?"

"그래도 눈깔은 제대로 박혀 있군. 보이는 것도 제대로 보지 못하는 이들이 수두룩한데."

"이거 생각지도 못한 공돈이 생기겠는데. 그냥 갈 거 아니지?"

"당연히 아니지. 애들 수고비 챙겨 주려면 모조리 털어야 해."

"크크큭!"

북궁혁이 키득거렸다.

역시 석진호다워서였다.

또한 그 역시 같은 생각이었다.

싸움 구경은 싸움 구경이고, 전리품은 전리품이었다.

"왜 그러시오, 두령?"

"으으으!"

갑자기 사시나무처럼 몸을 부르르 떠는 독사의 모습에 주위에 있던 수족들이 의아한 표정을 지었다.

잘 말하다가 뜬금없이 겁에 질린 양 몸을 떠니 이상했던 것이다.

하지만 독사의 귀에는 부하들의 말이 들리지 않았다.

어떻게든 이 상황을 타개할 방법을 찾았다.

'아침부터 재수가 없더라니!'

독사의 시선이 삐거덕거리며 북궁혁의 주변을 훑었다.

친구와 마찬가지로 한없이 여유롭게 서 있는 석진호의 뒤로 남만에서 볼 법한 새까만 청년과 북궁혁처럼 새하얀 백발을 지닌, 일반적인 백발과 달리 은은하게 은빛을 발하는 백발 중년인의 모습에 독사는 두 눈을 질끈 감았다.

"슬슬 작업 들어가야 하는 거 아닙니까?"

"닥쳐, 이 새끼야!"

"예?"

분위기도 파악 못 하고 소녀를 보며 침을 삼키는 부하를 향해 독사가 짜증 가득한 일갈을 내질렀다.

그러자 부하가 어안이 벙벙한 표정을 지었다.

독사가 왜 이러나 싶었던 것이다.

하지만 독사는 지금 심장이 터질 것처럼 벌렁거렸다.

지금이라도 무릎을 꿇고 목숨을 구걸해야 하나 고민했던 것이다.

동시에 모든 걸 내팽개치고 도망칠까 하는 생각도 했다.

"쓸어."

그때 이러지도 저러지도 못하는 독사를 대신해 석진호가 결정을 내려 줬다.

짧은 한마디로 상황을 정리했던 것이다.

파파파팟!

나지막한 한마디였지만 석진호의 말을 못 들은 관도들은 없었다.

그렇기에 관도들이 일제히 땅을 박찼다.

모두가 똑같은 경신술을 펼치며 야영지를 반쯤 포위하고 있던 산적들을 향해 달려들었던 것이다.

"너희는 저 자식들 도망 못 가게 길 막아. 단 한 놈도 보내면 안 돼."

냐옹.

정마룡이 삼랑이들에게 말했으나 제대로 된 명령은 흑휘가 했다.

아직 사람 말귀를 완벽히 알아듣지 못하는 늑대들을 대신해 중간에서 통역을 했던 것이다.

아우우우!

이윽고 삼랑이들을 필두로 늑대들이 털을 바짝 세우며 어둠을 갈랐다.

주인의 지시에 따라 퇴로를 막기 위해서였다.

"이, 이놈들 뭐야?"

"왜 이렇게 강해!"

"킥!"

약관도 채 되지 않은 소년들이었으나 실력은 산적들과 감히 비교할 수 없었다.

실전은 처음이었지만 워낙에 정마룡, 탁윤과 실전 같은 대련을 해서 그런지 다들 어렵지 않게 산적들을 제압했다.

물론 싸움이라는 게 실력만으로 고하가 정해지지 않기에 별의별 비열한 수법을 쓰는 산적들로 인해 몇 명이 곤욕을 치르기는 했으나 크게 다친 이는 없었다.

정마룡과 탁윤, 채소강이 시기적절하게 나선 덕분이었다.

무인환생

"히이익!"

그러나 독사는 그 상황을 볼 수가 없었다.

이제는 확신할 수 있는 석진호가 그를 지그시 쳐다보고 있어서였다.

까딱!

"옙!"

석진호의 검지를 본 독사가 헐레벌떡 달려왔다.

아니, 그의 발치에 엎드렸다.

자신의 생사여탈권이 석진호에게 있었기에 그는 오체투지하는 걸 망설이지 않았다.

"규모가 꽤 있네?"

"그, 그렇습니다."

"해 먹은 지 얼마나 됐어?"

"그게……."

독사가 말끝을 흐렸다.

날짜를 세지 않았기에 처음 영업한 날이 언제인지 정확히 알지 못해서였다.

"그럼 질문을 바꾸지. 얼마나 죽였어?"

"그것도……."

독사가 몸을 바르르 떨며 대답했다.

셀 수가 없었기에 곧바로 대답이 나오지 않았던 것이다.

하지만 그는 이내 퍼뜩 소리쳤다.

굳이 사실만을 말할 필요는 없다고 생각해서였다.

툭.

그런데 입을 딱 열려는 순간에 그의 옆으로 무언가가 떨어졌다.

낌새가 이상한 걸 눈치채고 은근슬쩍 도망치던 산적들을 삼랑이 일가가 잡아 온 것이었다.

"사, 살려 주십시오!"

"저는 싸울 생각이 없어서 도망친 것뿐입니다! 산적질도 저놈이 시켜서 한 겁니다!"

"맞습니다! 죽고 싶지 않으면 시키는 대로 하라고 해서 한 것뿐입니다! 저는 억울합니다!"

"하!"

엎드려 있던 독사가 어처구니없다는 표정을 지었다.

하나같이 자신을 나쁜 놈으로 몰아세우자 어이가 없었던 것이다.

하지만 그런 그들의 분열에도 석진호의 표정은 시종일관 변화가 없었다.

"정리 다 했습니다, 관주님."

"다친 애들은?"

"여섯 명이 가벼운 부상을 입었을 뿐 크게 다친 관도는 없습니다."

"쯧쯧."

武人還生
무인환생

"더 빡시게 굴리겠습니다."

혀를 차는 석진호만큼이나 정마룡도 결과가 마음에 들지 않았다.

조잡한 무공 실력을 지닌 산적들에게 다쳤다는 게 그 역시 어이가 없었던 것이다.

물론 첫 실전이니만큼 과하게 긴장해서 그럴 수도 있겠지만 아무리 그래도 다치는 건 이해가 되지 않았다.

"힘들어하는 애들 좀 달래 주고. 멀쩡한 놈은 몇 명이나 있어?"

"첫 살인인데 크게 힘들어하는 애들은 없는 것 같습니다. 일단 윤이가 살펴보고 있고요. 길을 안내할 산적은 일단 세 명 있습니다."

"제가, 제가 안내해 드리겠습니다! 산채에 대해서 가장 잘 알고 있는 게 채주인 저입니다!"

대화를 듣고 있던 독사가 고개를 번쩍 들었다.

이용만 당하다가 죽을 수도 있지만 지금 죽는 것보다는 나았다.

일단은 살아 있어야 협상의 여지도 있는 것이기에 독사는 절박하게 소리쳤다.

"꼴에 비밀 금고가 있는 모양인데 얘기를 들어 보니 그냥 다 부수면 될 것 같습니다. 함정 같은 건 없고 그냥 무식하게 단단한 금고랍니다."

"그래도 제가 가면 훨씬 더 수월하게……!"

독사의 말은 이어지지 못했다.

보이지 않는 힘에 의해 마치 목각인형처럼 목이 부러지며 무기력하게 허물어졌다.

"히끅!"

"끄윽! 끅!"

무형지기만으로 일류 무사인 독사를 죽여 버리는 광경에 늑대들에게 물려 온 산적들이 딸꾹질을 했다.

그러면서 새삼 천하제일인이 주는 무게감을 느꼈다.

'왜 하필 이들을 노려서는!'

'니미 씨벌!'

마음속으로 죽은 독사를 향해 온갖 욕설을 내뱉었지만 후회는 아무리 빨리 해도 늦은 법이었다.

그렇기에 붙잡힌 산적들은 두 눈을 질끈 감았다.

"산채에 인질도 있답니다. 여자들이랑 어린아이들을 데리고 노예처럼 부린 듯합니다."

"애들 데리고 가서 구해 와. 밤이 늦었으니 오늘은 여기에서 다 같이 머물고 내일 가장 가까운 마을에 데려다주게. 모아 놓은 재물도 싹 다 챙겨 오고. 인질들이 자리 잡을 수 있도록 지원도 해 줘야 하니까."

"예."

정마룡이 믿음직스럽게 대답한 후 관도들을 불러 모았다.

이것 또한 경험이기에 전부 다 데리고 가려는 것이었다.

"나도 갔다 오련다."

"왜?"

"산채가 어떤 모습인지 예전부터 궁금했거든. 북해와는 얼마나 다른지 궁금하기도 하고. 그리고 또 모르잖아?"

북궁혁이 한쪽 눈을 찡긋거렸다.

그 의미를 모를 수가 없기에 석진호는 피식 웃으며 손짓했다.

이윽고 정마룡을 필두로 아이들이 산적 두 명을 앞세워 걸어가자 그 뒤를 북궁혁이 느릿하게 뒤따랐다.

물론 북궁혁이 가는 만큼 한노도 함께했다.

"그럼 난 정리를 해 볼까."

"저희가 하겠습니다."

"편히 쉬고 계십시오."

석진호가 소매를 걷기 무섭게 지금껏 묵묵히 서 있기만 하던 엄유강과 엄진근이 앞으로 나섰다.

시체 따위를 치우는 일에 석진호가 움직일 필요는 없다고 생각해서였다.

"둘보다 내가 더 빠를걸. 그리고 치우기보다는 태워 버리는 게 나아. 괜히 산짐승들이 먹어 사람 고기 맛을 알면 안 되니까."

스으윽.

말이 끝나기 무섭게 석진호의 손짓에 수십 구의 시체들이
떠올랐다.

　손짓 한 번에 시신 수십 구를 허공섭물로 들어 올린 것이
었다.

　석진호는 거기서 그치지 않고 시체들을 한곳에 모았다.

　"저희도 돕겠습니다."

　차곡차곡 쌓여 가는 시신들의 모습에 엄진근이 기름과 땔
감을 가져왔다.

　시체만으로는 불이 잘 붙지 않기에 사이사이에 땔감을 넣
고 기름을 붙였다.

　거기에 엄유강은 모닥불에서 불씨를 가져와 작은 언덕처
럼 쌓여 있는 시체에 불을 붙였다.

　"이런 광경은 최대한 안 보여 주고 싶었는데 말이지."

　"저는 괜찮아요. 익숙해지기도 했고, 도련님이 사는 세계
잖아요."

　"저도 괜찮아요!"

　소하정에 이어 채소설도 씩씩하게 대답했다.

　처음 산적들이 나타났을 때는 놀랐지만 딱 그뿐이었다.

　그녀는 석진호와 오빠들을 믿었다.

　더욱이 그녀가 모시는 이는 천하제일인이라 불리는 석진
호였다.

　"그렇다면 다행이고. 근데 일거리가 갑자기 늘었네."

무인환생

"괜찮아요. 넉넉히 준비했으니까요. 가지고 온 식재료도 있고요. 오늘 팍팍 쓰고 부족한 건 내일 마을에서 다시 채우면 돼요."

"나도 거들게."

"괜찮으니까 주변 정리 해 주세요. 요리는 저랑 소설이만으로 충분하니까요."

석진호의 손에 물을 묻히고 싶지 않다는 듯이 소하정이 웃으며 밀어냈다.

그 손길에 석진호는 못 이기는 척 밀려나 격전의 흔적이 남아 있는 곳곳을 살펴봤다.

때마침 해 질 녘쯤에 마을에 도착한 석진호는 곧장 가장 큰 객잔을 묻고 물어 향했다.

아무래도 인원이 많다 보니 작은 객잔에서는 다 같이 머물 수가 없기에 석진호는 마을에 도착하면 아예 가장 큰 객잔으로 향했다.

"마을 규모가 작아서 그런가. 번화가에 자리 잡았는데 객잔이 몇 개 없네?"

"상단이나 표국이 자주 다니는 길이 아니라서 그럴 거다."

"이 정도 객잔이 있다는 걸 다행으로 여겨야 한단 말이지?"

"그렇지."

끼이익.

석진호가 그리 대답하며 문을 열었다.

그런데 의외로 작은 마을 같지 않게 객잔의 일 층은 왁자지껄했다.

꽤나 많은 이들이 자리를 차지하고 앉아 식사와 술을 하고 있었던 것이다.

"응? 저건 뭐지?"

석진호에 이어 객잔 안으로 들어온 북궁혁이 실소를 흘렸다.

사람들이 모여 있는 곳에서 조잡하게 염색한 백발이 보여서였다.

"어서 오세요!"

오늘따라 많은 손님에 환하게 웃으며 달려오던 점소이가 순간 멈칫거렸다.

석진호의 뒤로 북궁혁이 나타나자 깜짝 놀란 것이었다.

정확하게는 북궁혁의 자연스러운 백발을 보고는 두 눈을 휘둥그레 떴다.

"백발을 가진 남자가 또 나타나서 놀랐지?"

"어······."

점소이가 제대로 대답하지 못했다.

어떻게 대답해야 할지 감이 잡히질 않아서였다.

하지만 점소이는 본능적으로 알았다.

무인환생

줄지어 들어오는 이들을 보고는, 눈앞에 있는 이들이 진짜라는 사실을 말이다.

"내 친구가 말이야! 어? 숭산에서 그냥 칼질 두 번으로 역천마궁주를 썰어 버렸다는 거 아냐!"

"우와아아!"

"키가 십 척을 훌쩍 넘었다던데, 정말입니까?"

"물론이지. 정확하게는 십 척 정도였는데 직접 보면 느낌이 완전 달라. 거인도 그런 거인이 없어. 아, 물론 풍기는 기세가 거인이라기보다는 악마에 가까웠지만. 하지만 그런 마물도 내 친구의 적수는 아니었지!"

백발의 청년이 그리 말하며 옆에 조용히 앉아서 술잔을 기울이는 사내의 어깨에 팔을 둘렀다.

그러자 사내가 씨익 웃었다.

자신감 넘치는 얼굴로 말없이 동조했던 것이다.

"조금만 더! 좀 더 얘기해 주시오!"

"저도 더 듣고 싶어요!"

숭산에서 있었던 전투는 이미 천하에 퍼질 대로 퍼진 상태였다.

하지만 당사자에게 듣는 건 또 다른 느낌이 있었기에 두 사람 자리에 모여든 사람들은 하나같이 눈을 빛내며 독촉했다.

특히 몇몇 여인들은 아예 대놓고 둘에게 추파를 보냈다.

석진호에게 달려드는 미녀가 한둘이 아니었지만 그래도 혹시 몰랐다.

운이 닿아 애라도 잉태한다면 인생이 달라질 수 있기에 여인들은 유혹을 멈추지 않았다.

두 남자 역시 은근히 그 시선을 즐겼고 말이다.

"이거 이거, 한 번에 너무 많이 말해 주면 재미가 없는데 말이지."

"이미 다 알려진 건데 뭘 그렇게 뜸을 들여?"

"소문이랑 우리가 말해 주는 거랑 같아? 여기저기 퍼지면서 축소, 과장된 것과 달리 우리는 직접 전쟁을 겪었잖아. 거기서 나오는 현실감이 완전 다르지. 이건 돈을 주고도 들을 수 없는 거라고."

탁! 타탁!

백발 청년의 말이 끝나기 무섭게 여기저기에서 술과 안주들이 올라왔다.

무림을 구한 영웅들에게 이 정도는 아무것도 아니라는 듯이 듣고 있던 사람들은 망설이지 않고 주머니를 열었다.

그리고 개중에는 무인들도 있었다.

"흠흠! 이렇게까지 판을 깔아 주는데 모른 척하는 것도 예의가 아니니……."

"십이사도에 대한 이야기도 해 주시오! 역천마궁주가 제자들을 잡아먹었다고 하던데, 어째서 도망치지 못한 것이오?

무인환생

듣기로는 십이사도들의 실력이 구파일방과 오대세가의 수장들과 비교해도 크게 뒤떨어지지 않는다고 하던데."

"황보세가주랑 진주언가주가 호되게 당했잖아."

"그렇게 당한 게 둘뿐인 줄 알아? 점창파도 당했고 무당파도 당했어! 천하의 그 무당파가 말이야!"

"에이, 무당검존은 빼야지. 검존은 역천마궁주와 단독으로 싸우다가 패배한 건데."

백발 청년이 운을 띄우기 무섭게 여기저기에서 온갖 말들이 쏟아졌다.

그러나 그 모습을 두 사람은 그저 조용히 지켜보기만 했다.

강호의 영웅으로서 여유롭게 말이다.

"됐고! 대답 좀 듣자! 십이사도가 사부나 마찬가지인 역천마궁주에게 순순히 잡아먹힌 게 궁금하니까!"

"그래그래! 다들 입 다물어!"

"우리도 자세하게는 모르지만 금제가 있지 않을까 싶어. 그것 말고는 말이 되지 않으니까. 십이사도씩이나 되는 고수가 그렇게 순순히 끌려온다는 게 말이 안 되지."

"역천마궁주의 힘을 생각하면 아예 불가능한 건 아니고. 근데 효율을 생각해 보면 금제가 가능성이 높기는 하지. 일단 끌려올 때 아무런 반항도 하지 못한 걸 보면."

백발 청년에 이어 평범하게 생긴 사내가 말했다.

고심하듯 턱을 쓰다듬으면서 말이다.

그런데 그 모습에 곳곳에서 환호성이 터져 나왔다.

"나도! 나도 궁금한 게 있소이다! 도화와 당하린 중 누굴 선택하실 것이오? 아니면 둘 다 거둘 생각이오?"

"그런 얘기는 좀……."

사내가 난감한 표정을 지었다.

그러나 주위에 있던 여자들의 표정은 달랐다.

하나같이 표독한 눈빛으로 질문을 건넨 중년인을 노려봤던 것이다.

"영웅이라면 자고로 삼처사첩이 기본 아닌가! 지금 달려드는 여인들만도 엄청날 텐데!"

"부럽다, 부러워! 나도 미녀들과 어울리고 싶다. 물론 침상에서."

"예끼!"

불쾌하게 취한 장년인의 말에 주변에 있던 남자들이 키득거렸다.

그런데 웃긴 건 남자들이 그런 말을 했음에도 자리를 떠나는 여인들은 없다는 점이었다.

어떻게든 오늘 밤을 함께 보내겠다는 듯이 뚫어져라 두 청년만 쳐다봤다.

'큭큭! 바로 이 맛이지! 오늘 밤도 뜨겁게 보내겠구나.'

묘한 열기를 담고 있는 여인들의 눈빛에, 약을 이용해 백발로 염색한 청년이 실실 웃었다.

눈빛만 봐도 이미 다 넘어왔음을 알 수 있어서였다.

'오늘은 여기서 머물고 내일은 어디로 가 볼까나. 심양 근처는 안 되고, 개주현으로 가 볼까? 심양의 북쪽은 둘러댈 핑계가 없으니 안 되고.'

청년의 머리가 빠르게 회전했다.

이 짓도 한철 장사인 만큼 최대한 빨아먹고 정리해야 했다.

꼬리가 길면 잡히는 법이고, 성도인 심양에는 모용세가가 있기에 적당히 치고 빠지는 게 가장 중요했다.

"어?"

"저 사람들 뭐야?"

그때 주변이 웅성거렸다.

무엇을 본 것인지 주위에 있던 사람들이 어리둥절한 얼굴로 그들과 입구 쪽을 번갈아 쳐다봤던 것이다.

그런데 그 모습을 보기 무섭게 청년은 오한이 들었다.

왠지 모르게 등골이 서늘해졌던 것이다.

스윽.

친구도 마찬가지인 듯 불안한 눈동자가 그에게 향했다.

하지만 차마 입구 쪽으로 고개를 돌릴 수가 없었다.

본능이 그곳을 보면 안 된다고 말하는 듯했기에 청년은 마른침을 삼켰다.

"요녕성에 와서 색다른 경험을 많이 해 보네. 내가 유명해졌다는 건 알았지만 나를 사칭하는 놈이 있을 줄은 몰랐는데 말이지."

꿀꺽!

장난기 가득한 어조가 귓전으로 파고들었다.

그런데 밝은 목소리임에도 불구하고 청년은 소름이 돋았다.

스스슥!

모여 있던 이들도 그걸 느낀 모양인지 어느 순간 썰물처럼 물러났다.

그러고는 두 무리를 번갈아 쳐다봤다.

"으음!"

하지만 반응은 극과 극이었다.

객잔에 막 들어온 이들이 하나같이 여유로운 반면에 지금껏 큰소리를 땅땅 치던 두 청년은 식은땀을 삐질삐질 흘리고 있었다.

"보아하니 저놈이 네 사칭인 거 같은데?"

"그런 것 같네."

"간도 크다. 어떻게 천하제일인을 사칭하려 하지? 티가 안 날 수가 없는데."

북궁혁이 진심으로 궁금하다는 표정을 보았다.

실력이 있으면 모를까 암만 봐도 둘 다 이류 남짓한 수준

무인환생

이었다.

그런데도 저렇게 당당하게 사칭을 할 수 있다는 게 북궁혁은 신기했다.

"나름 계산이 선 것이겠지. 요녕성은 변방이기도 하고, 이런 작은 마을에 고수들이 있을 가능성은 희박하니까."

"근데 어쩌나. 분위기 한창 좋아 보이던데 우리가 와서."

히끽!

북궁혁이 히죽 웃었다.

그러나 그 미소가 두 사람에게는 사신의 미소처럼 보였다.

너무나 섬뜩하게 다가왔던 것이다.

벌떡!

동시에 둘은 너 나 할 거 없이 곧바로 석진호 일행 앞으로 달려가 무릎을 꿇었다.

도망은 애초에 생각하지도 않았다.

진짜 석진호와 북궁혁이라면 고작 그들의 실력으로 도망치는 건 불가능했다.

그럴 바에는 차라리 처음부터 납작 엎드려 아량을 기대하는 게 나았다.

"죄, 죄송합니다!"

"정말 죄송합니다! 처음부터 이럴 생각은 아니었는데 생전 처음 이런 대접을 받아 보니 머리가 잠시 돌았습니다!"

"한 번만, 한 번만 봐주십시오!"

두 청년이 바들바들 떨며 소리쳤다.

그런데 두 사람이 말을 할수록 지금껏 떠받들어 주었던 이들의 표정이 빠르게 썩어 갔다.

가짜인 줄도 모르고 두 명에게 음식이며 술이며 다 갖다 바친 게 너무나 화가 났던 것이다.

그래서인지 두 남자를 쳐다보는 눈빛이 다들 살벌했다.

"진짜 궁금해서 그러는데 대체 무슨 생각으로 날 사칭하려 한 거야? 응?"

쩌저저적!

실내가 순식간에 싸늘해졌다.

한겨울이라도 온 것처럼 서늘한 냉기가 일 층을 가득 채웠던 것이다.

그리고 그 냉기의 근원지는 바로 북궁혁이었다.

"히익!"

서서히 땅바닥을 얼려 오는 냉기에 북궁혁을 사칭했던 청년이 기겁하며 몸을 일으켰다.

가만히 있다가는 얼음 동상이 될 것만 같아서였다.

하지만 그런 일은 벌어지지 않았다.

"말 좀 해 봐. 진짜 궁금해서 그러니까. 백발로 염색했는데 그걸 순순히 믿어 줘?"

"일부러 촌동네로만 갔습니다! 무인들이 거의 드나들지 않는 작은 마을이나 오지로만 돌아다녔습니다!"

武人還生
무인환생

"아무리 그래도 의심을 안 했다고?"

"다들 무지렁이들이라……."

청년이 말끝을 흐렸다.

옆에서 찌르는 듯한 눈초리에 볼이 따끔거렸던 것이다.

그러나 그들보다 눈앞에 있는 북궁혁이 훨씬 더 무서웠다.

자신과 같은 사기꾼이 아니라 진짜 북해빙궁의 소궁주가 코앞에 있기에 그는 최대한 비굴한 표정을 지었다.

"어떻게 할까나. 마음 같아서는 모가지를 비틀고 싶은데."

"사, 살려 주십시오!"

"떨어져. 내 옷이 더러워지니까."

"죄, 죄송합니다!"

바짓가랑이를 붙잡았던 청년이 후다닥 물러났다.

그러고는 최대한 불쌍한 표정을 지었다.

강호는 별거 아닌 시비로도 생사결이 벌어지는 무자비한 세계였다.

때문에 북궁혁이 그들을 죽인다고 해서 손가락질할 사람은 아무도 없었다.

또한 무인만큼 체면을 신경 쓰는 이들도 없었다.

사칭한 건 북궁혁을 모욕한 것이나 마찬가지였기에 청년은 전신을 오들오들 떨며 간절한 눈으로 그와 석진호를 쳐다봤다.

"한 번만! 한 번만 아량을 베풀어 주시면 다시는 두 분을 사칭하지 않겠습니다! 고향으로 돌아가 열심히, 개과천선해서 살겠습니다!"

"제발 한 번만 봐주십시오!"

저벅저벅.

간절하게 비는 두 사람을 향해 한 명이 걸어갔다.

조용히 석진호의 뒤에 서 있던, 여기까지 오면서 꼭 필요한 말이 아니면 절대 입을 열지 않던 엄진근이 특유의 무표정한 얼굴로 둘에게 다가갔다.

그러더니 그대로 손을 뻗어 두 사람의 목을 잡았다.

"왜, 왜 이러시는 겁니까?"

스윽.

거침없이 목을 잡고서 허공으로 들어 올리는 엄진근의 행동에 두 청년이 얼굴 가득 당황한 표정을 지었다.

이게 무슨 상황인가 싶었던 것이다.

그러면서 둘은 여전히 말이 없는 석진호를 간절하게 쳐다봤다.

세상 불쌍하고 죄스러운 얼굴로 말이다.

"주군, 주제넘을지 모르나 개인적으로 저는 확실하게 본보기를 보여야 한다고 생각합니다. 그러지 않으면 저런 놈들이 우후죽순처럼 생겨날 겁니다."

"나 역시 동감이야. 솔직하게 말하면 기분이 아주 더럽기도 하고."

무인환생

엄유강의 말에 북궁혁이 손을 보탰다.

웃으며 말했지만 지금 그의 심기는 매우 불편했다.

누군가가 자신을 사칭한다는 게 너무나 기분 나빴던 것이다.

자신의 무명을 이용해 사욕을 챙긴다는 것 자체가 너무 불쾌했다.

"정리해."

"존명."

"대, 대협!"

"제발, 제발 한 번만……! 읍!"

짧은 한마디였지만 그 안에 담긴 의미를 모를 수가 없었다.

그렇기에 둘은 처절하게 석진호를 불렀으나 안타깝게도 말을 끝맺지 못했다.

엄진근이 아예 입을 막아 버렸던 것이다.

동시에 객잔 내부의 분위기가 싸늘해졌다.

"점소이."

"예, 옙!"

"하룻밤 머무르려고 하는데, 방이 되나?"

"추, 충분합니다!"

살기 하나 없이 그냥 묻는 말인데도 점소이는 말을 더듬었다.

고저 없는 목소리가 이상하게 섬뜩하게 다가와서였다.

거기다 석진호의 옆과 뒤에 서 있는 북궁혁과 엄유강에게서 흘러나오는 기세가 너무나 살벌했다.

'아, 아직도 얼어 있어.'

여전히 새하얗게 서리가 서려 있는 땅에서 올라오는 냉기에 점소이의 얼굴이 바짝 굳었다.

왠지 실수를 하면 자신마저 얼려 버릴 것 같았기에 점소이는 기합이 바짝 들어간 자세로 이어질 석진호의 말을 기다렸다.

"안에는 못 데리고 들어왔는데 말이랑 당나귀뿐만 아니라 늑대도 있어."

"느, 늑대요?"

무인환생

제68장 모용세가(慕容世家)

점소이가 순간 멍한 표정을 지었다.

하지만 그는 이내 본래의 신색을 회복했다.

드물기는 하지만 표행을 다니는 표사들이 사냥개나 길들인 늑대를 데리고 다니는 경우가 있었다.

그렇기에 점소이는 괜찮다는 듯이 고개를 끄덕였다.

"마구간 옆에 따로 작은 창고가 있습니다. 거기에서 지내게 하면 될 것 같습니다. 그런데 혹시나 해서 여쭙는 건데, 확실하게 길들인 게 맞는지요?"

"그 부분은 걱정하지 않아도 돼. 명령 없이 사람을 공격한 적은 없으니까. 먹이도 다 줘서 물만 주면 돼. 물도 주인이 줄 거고."

"나랑 같이 가자고."

"알겠습니다!"

정마룡이 바짝 얼어 있는 점소이를 향해 눈짓했다.

하지만 그런 정마룡의 배려에도 불구하고 점소이는 여전히 굳어 있었다.

"여자들은 이인실로. 나머지는 객실의 상황에 맞춰서 배정해 주면 된다. 아, 목욕물도 준비해 주고. 음식은……."

석진호의 시선이 채소설과 나란히 서 있는 소하정에게로 향했다.

요녕성 요리에 대해서는 누구보다 해박하게 잘 알긴 하지만 그래도 음식에 관해서는 그녀의 의견을 일단 들어 보는 게 나을 것 같아서였다.

유람의 시작이자 끝이며 백미가 식도락인 만큼 석진호는 그녀가 관심 있어 하는 음식은 전부 다 사 주고 싶었다.

"저 생각해 둔 거 있어요."

"다 시켜. 인원이 많아서 음식이 남을 리는 없으니까."

"그럼 늘 그랬듯이 일단 여기서 만들 수 있는 음식 하나씩 다 내오라고 할까요?"

"응."

차림표가 있는 객잔도 있고 없는 객잔도 있었는데 이곳은 다행히 한쪽 벽면에 차림표가 있었다.

그렇기에 석진호는 빠르게 차림표를 훑으며 고개를 주억

武人還生
무인환생

거렸다.

"종류가 그렇게 많지 않아서 한 번 더 시켜야 할 것 같아요."

"일단 먹어 보고 그중에 괜찮은 걸로 더 시키면 되지."

"네!"

"들었지?"

석진호의 시선이 점소이에게로 향했다.

그러자 점소이가 번개같이 고개를 주억거렸다.

역시 큰 인물이라 그런지 손도 무지막지하게 크다고 생각하며 점소이가 발 빠르게 주방으로 달려갔다.

"저를 따라오세요."

숙수에게 주문을 알려 주기 위해 이동한 사이 다른 점소이가 다가왔다.

객실을 안내해 주기 위해서였다.

이윽고 석진호 일행이 삼 층과 사 층으로 올라갔다.

"아직도 냉기가 있어."

"이게 북해빙궁의 빙백신공."

"역시 진짜는 다르구나."

석진호 일행이 사라지자 한쪽 구석에 찌그러져 구경하고 있던 사람들이 눈을 빛내며 모여들었다.

사기꾼들에게 농락당했다는 사실에 분노한 것도 잠시, 그들은 여전히 서늘한 냉기를 뿜어 대고 있는 바닥을 만지며 신기해했다.

말로만 듣던 빙백신공을 직접 겪어 보게 되자 다들 신기해하면서도 놀라워했다.

시간이 제법 흘렀음에도 여전히 서리가 가시지 않아서였다.

"친구들한테 자랑해야지. 천하제일인을 이 두 눈으로 직접 목도했다고!"

"분위기가 완전 달라요. 가만히 보면 딱히 고수 같은 느낌이 들지 않는데 이상하게 움츠러드는 느낌이라고나 할까."

"근데 주변에 사람이 많아서 다가가질 못하겠어."

남자들이 석진호를 직접 봤다는 사실에 감격하는 것과 달리 여인들은 하나같이 아쉬움을 금치 못했다.

선뜻 다가가기 힘든 분위기도 분위기지만 주변에 사람들이 너무 많았다.

비집고 들어갈 틈이 안 보일 정도로 말이다.

"잡을 수만 있다면 인생 역전인데……."

"……힘들겠지?"

여인들이 서로를 바라보며 한숨을 내쉬었다.

욕심은 나지만 엄두가 나지 않아서였다.

특히 사기꾼 둘을 데려가던 중년인의 무심한 표정이 자꾸만 마음에 걸렸다.

무인환생

멀리 보이는 심양에, 걸어가던 아이들의 얼굴이 밝아졌다.

드디어 목적지에 도착해서였다.

하북성의 성도와는 상당히 다르면서 독특한 심양의 모습에 아이들이 잔뜩 기대한 표정으로 도시를 살폈다.

요녕성의 성도인 만큼 지금까지 지나 왔던 마을들과는 다를 것이기에 아이들은 살짝 들뜬 기색으로 발걸음을 옮겼다.

"겨울도 아닌데 바람이 쌀쌀하네요."

"하북성보다는 북쪽에 있으니까. 아무래도 황화현보다는 겨울이 빠르겠지."

"그래서 혹시 몰라 솜옷도 가져왔어요."

"⋯⋯준비성이 철저한 건 좋은데, 너무 안 챙겼어도 됐어. 필요하면 사면 되는데."

"사면 다 돈이잖아요. 있을 때 아껴야죠."

창문 너머로 보이는 소하정을 쳐다보며 석진호가 고개를 절레절레 저었다.

왜 그러는지 이해는 하지만, 굳이 그럴 필요가 있을까 싶어서였다.

"근데 길을 안 물어봐도 될까요?"

"대충 알아."

"네? 도련님도 요녕성은 처음이시잖아요."

"지도가 머릿속에 있거든. 그리고 여기까지 오면서 내가 길을 못 찾아 헤매는 거 봤어?"

소하정이 고개를 도리도리 저었다.

분명 초행길임에도 석진호는 완벽하게 길을 잡았다.

단 한 번도 고민하거나 헤매지 않고 말이다.

"못 봤어요. 그래서 신기하다고 생각했어요. 아무리 지도를 외웠다고 해도 초행길인데 도련님이 마치 잘 아는 것처럼 거침없이 가서요."

"그러니까 마지막까지 믿고 따라와. 그럼 안전하게 모용세가에 도착할 수 있을 테니까."

"가장 시끄러운 데 가면 되지 않을까? 아예 건물을 새로 짓는다고 했잖아."

"일단 가 보자고. 장소는 얼추 알고 있으니까."

"이상하다 싶으면 그냥 객잔 잡자. 난 잠은 편안하게 자고 싶어."

자금이 없는 것도 아니기에 모용천은 처음부터 궁궐 같은 장원을 지을 게 뻔했다.

나중을 생각하면 그게 싸게 먹히는 게 맞기도 하고.

하지만 그렇다고 해서 시끄러움을 참고 싶지는 않았기에 북궁혁이 단호하게 말했다.

"그건 나도 마찬가지야."

"역시 내 친구라니까."

武人還生
무인환생

심양에 들어오기 무섭게 주위에서 힐끗거리는 시선들이 느껴졌다.

아무래도 젊은 나이에 백발이 흔치 않기에 다들 힐끔거리는 것이었다.

게다가 심양에 있는 모용세가와 삼괴는 떼어 놓을 수 없다 보니 다들 긴가민가하는 얼굴로 북궁혁과 한노를 쳐다봤다.

"여기다."

"호오, 거의 다 지은 거 같은데? 어떻게 벌써 다 지었지? 완공하기에는 시간이 얼마 없었을 텐데."

"돈을 때려 박으면 이 정도는 가능해."

"역시 돈의 힘인가."

새로 지은 티가 역력한 정문과 담벼락을 둘러보며 석진호 가 고개를 주억거렸다.

그의 기억에 남아 있던 모용세가와 거의 흡사하다는 걸 느 낄 수 있어서였다.

물론 위치는 살짝 달랐지만 중요한 건 심양에 다시 모용세 가의 장원이 생겼다는 점이었다.

"아직 문지기를 둘 정도는 아닌가 보네."

"그냥 들어가지 뭐."

끼이익.

지금의 모용세가는 아무래도 사람이 부족할 수밖에 없었 다.

그렇다고 아무나 고용할 수도 없었기에 북궁혁은 크게 신경 쓰지 않고 정문을 열었다.

"안 부수고 들어가는 게 어디야."

"내 말이. 물론 잠겨 있으면 담을 넘어갔겠지만. 만든 지 얼마 안 된 문을 부술 순 없잖아."

"이유가 조금 이상한 것 같지만, 지금 중요한 건 그게 아니니까."

활짝 열린 정문으로 석진호가 천천히 걸음을 옮겼다.

그리고 그 뒤로 마차와 아이들이 따라 들어왔다.

"진호야!"

컹컹!

기척을 느낀 건지 안쪽에서 익숙한 그림자가 보였다.

이 장원의 주인인 모용천과 철랑이가 모습을 드러낸 것이었다.

그리고 그 뒤로 승천무관에서 봤던 이들이 따라 나타났다.

"벌써 신혼집을 차렸나?"

"백리 소저가 와 있을 줄은 몰랐는데 말이지."

얼굴 가득 반가운 기색을 띠며 달려오는 모용천을 지나 북궁혁과 석진호의 시선이 두 명의 호위 무사를 대동하고 천천히 걸어오는 한 명의 여인에게로 향했다.

교제를 허락받았다고 하나 여기에서 같이 지내고 있을 줄은 몰랐기에 둘 다 살짝 놀란 표정을 지었다.

"근데 이해가 안 가는 건 아니지. 너만큼은 아니더라도 천이 역시 엄청난 관심을 받고 있으니까. 육룡을 뛰어넘는 실력에 역천마궁과의 싸움으로 쌓은 명성. 거기다 이제는 모용세가의 당대 가주니까."

"배경도 만들었지. 물론 아직 갈 길이 멀기는 하지만."

"그 말은 달리 말하면 그만큼 잠재력이 높다는 말이지. 당장 오대세가에 편입되기는 힘들겠지만 지금 이대로 성장하기만 한다면 십대세가 안에는 능히 들어갈 테니까. 게다가 모용세가의 곁에는 여전히 강호를 뜨겁게 달구고 있는 승천무관과 북해빙궁이 있으니까. 당대 천하제일인이 친구로 있는데 어느 누가 감히 건들겠어? 백리세가주도 다 그걸 생각하고 보낸 것이겠지. 현재 백리세가의 위치를 생각하면 가장 좋은 혼처 중 하나이니까."

"갑자기 왜 나를 치켜세워 주는 걸까?"

"사실을 말한 것뿐이다."

의심 섞인 석진호의 눈빛에 북궁혁이 어깨를 으쓱거렸다.

진심으로 그는 다른 의도가 있어서가 아니었다.

그저 있는 그대로의 사실을 말한 것일 뿐.

"뭐, 놓치면 아깝긴 하지. 오대세가와 맺어지기가 쉽지는 않으니까. 게다가 천이가 딸을 진심으로 사랑하기도 하고."

"아마 견제의 의미도 있을 거다. 똥파리들이 달라붙는 걸 막기 위한. 너처럼 말이지. 흐흐흐!"

북궁혁이 음흉하게 웃었다.

그러나 석진호는 그런 친구의 놀림에 반응하지 않았다.

"생각보다 빨리 왔네? 나는 초행길이라 좀 헤맬 줄 알았는데."

"내가 길눈이 좀 밝은 편이라. 오랜만에 뵙습니다, 백리 소저."

"석 공자님에 대한 소식은 자주 듣고 있어요. 워낙에 일거수일투족이 소문이 나는 분이라서 그런지."

백리선이 특유의 무표정한 얼굴로 말했다.

하지만 눈동자에는 옅게 반가움이 서려 있었다.

"저는 원치 않았는데 말이죠."

"어쩔 수 없는 일이라고 생각해요. 많은 사람들이 관심을 가질 수밖에 없는 위치이니까요, 지금 석 공자님은."

"시간이 지나면 가라앉겠죠. 강호 정세가 심상치 않게 흘러가는 중이니."

"그래서 더더욱 궁금해하고 거론되지 않을까요?"

백리선의 미소가 아주 조금 짙어졌다.

강호가 어지러운 만큼 석진호에 대한 말들 역시 자연스레 많아질 게 분명해서였다.

"꼭 그렇지만은 않을 거라고 생각합니다. 저를 싫어하는 이들이 아예 없는 건 아니니까요."

"그렇긴 하네요."

무인환생

자세히 설명하지 않았음에도 백리선은 용케 말뜻을 알아들었다.

그때 마차에서 내리는 소하정, 채소설과 인사를 마친 모용천이 다가왔다.

"자, 자! 우선 이동하자. 내가 별채를 준비해 뒀어. 작은 정원도 있으니까 애들이 머물기에 딱 좋을 거야."

영리하고 똑똑해서 말을 잘 알아듣는다고 하나 늑대는 맹수였다.

그렇기에 따로 지내서 좋을 게 없기에 모용천은 아예 정원이 딸린 숙소를 배정했다.

"우리가 첫 손님인가?"

"그런 셈이지."

"근데 사람이 너무 없는 거 아냐?"

모용천을 따라가며 북궁혁이 고개를 갸웃거렸다.

하인이나 하녀같이 장원 내에서 일하는 인력이 규모에 비해 턱없이 부족한 것 같아서였다.

"그게, 사람을 구하기가 쉽지 않더라고. 같이 생활해야 하는 만큼 아무나 함부로 들일 수도 없고. 게다가 내가 그쪽 일에 대해서 잘 모르는 것도 크고."

"하긴."

달려드는 적보다 더 무서운 것이 내부의 배신자였다.

석가장 역시 석만호로 인해 큰 피해를 본 만큼 북궁혁은 조심스러워하는 모용천의 마음을 이해할 수 있었다.

그런데 조용히 따라오던 소하정이 입을 열었다.

"그 부분은 제가 도와드릴 수 있을 것 같아요."

모용천의 고개가 번개같이 돌아갔다.

그러더니 일순 눈을 빛냈다.

석가장에서 이십 년 넘게 생활한 소하정은 이런 쪽의 일에 빠삭할 게 분명해서였다.

그래서 그는 가뭄 때 단비를 본 사람처럼 소하정의 손을 덥석 잡았다.

"저, 정말요?"

"예. 이쪽 분야에서는 제가 전문가니까요. 그러니 걱정 마세요. 떠나기 전까지 확실하게 체계를 잡아 놓고 갈 테니."

"천군만마를 얻은 느낌입니다. 안 그래도 말은 못 했지만 진짜 막막했거든요."

"그 정도까지는 아니에요."

소하정이 곱게 웃으며 고개를 저었다.

잘 아는 건 맞지만 그렇다고 엄청난 능력을 가지고 있는 건 아니었다.

그저 석가장에서 오래 생활했고 객잔도 운영 중이기에, 여기 있는 사람들 중에서 가장 많이 아는 것뿐이었다.

"중요한 건 지금 유모의 능력이 가장 절실하게 필요할 때라는 거지. 유모도 잘 알잖아, 모든 일에는 사람이 가장 중요하단 걸 말이야. 그리고 그보다 더 중요한 게 사람을 관리하는 거고."

"그렇죠."

"그러니까 저 녀석이 과민한 반응을 보여도 그러려니 해. 저 녀석 입장에서는 말한 대로 천군만마를 얻은 느낌일 테니까."

"조금 부담스러운데요."

소하정이 살짝 자신 없는 표정을 지었다.

하지만 그런 그녀의 반응에도 석진호는 빙그레 웃었다.

"아는 만큼만 해. 그 정도만 해도 큰 도움일 테니."

"맞습니다. 체계만 잡아 주셔도 충분합니다. 나머지는 제가 알아서 하겠습니다."

"죄송해요. 제가 큰 도움이 못 돼서……."

화기애애한 분위기 속에 유일하게 백리선만이 어두웠다.

명문 세가인 백리세가 출신이기는 하지만 이런 쪽에 대해서는 문외한이나 마찬가지였기에 도와주고 싶어도 도울 게 없었다.

개인 시비가 있고, 데려오기도 했지만 비슷한 또래라 아는 게 그리 많지 않았다.

"백리 소저가 와 있는 것만으로도 저놈은 힘이 날걸요."

"암. 사랑의 힘은 위대하지."

북궁혁, 석진호의 말에 백리선의 얼굴이 벌게졌다.

얼음공주라는 말이 어울리지 않는 화끈한 표정 변화였다.

"어후, 뜨겁다, 뜨거워."

"여기는 한여름이네."

"그만해, 이 자식들아."

백리선만큼은 아니지만 모용천 역시 상기된 얼굴로 소리쳤다.

하지만 그럼에도 북궁혁의 입은 막을 수 없었다.

오랜만에 잡은 건수를 쉽게 놓치지 않겠다는 듯이 북궁혁은 집요하게 물고 늘어졌다.

특유의 능글맞은 표정으로 말이다.

"어머!"

"완전 예뻐요!"

"돈 좀 썼는데?"

"크흠!"

요녕성 특유의 양식으로 지어진 별채는 아담하고 예뻤다.

딱 여인들이 좋아할 만한 취향이라고나 할까.

하지만 석진호는 다른 점을 콕 짚었다.

"귀빈 전용이구만."

"맞아. 그래서 너희를 이리로 데려온 거고."

"근데 전부 묵기에는 좀 작은 듯한데?"

"최대 수용 인원이 스무 명 정도라서 부족하긴 해. 그래서 아이들은 근처 숙소에 배정했어."

모용천이 살짝 미안한 표정을 지었다.

무인환생

마음 같아서는 다 함께 머물게 하고 싶었지만 안타깝게도 석진호 일행의 숫자가 너무 많았다.

그래서 모용천은 자기도 모르게 뒷목을 긁적였다.

"어쩔 수 없지. 그래도 노숙하는 것보다는 나으니까. 오히려 좋아할걸. 우리랑 머무는 것보다 자기들끼리 편하게 있는 게."

"그럴 수도 있겠다."

모용천이 바보같이 수긍했다.

듣고 보니 그럴 수도 있겠다라는 생각이 들어서였다.

"서운해하는 아이들도 있을 테고. 승천무관이 워낙에 가족 같은 분위기잖아."

"맞아요. 그래서 부러워요."

북궁혁에 이어 백리선도 입을 열었다.

승천무관에 그리 오래 머물지는 않았지만 특유의 분위기는 여전히 그녀의 뇌리에 선명하게 남아 있었다.

"일단 각자 방부터 정하자."

"네!"

대화가 길어지는 듯하자 석진호가 나섰다.

방을 정하고 나서 대화를 나누어도 늦지 않아서였다.

각자 짐을 풀 시간도 필요하고 말이다.

다다다다!

일행이 두 부류로 나뉘어 이동할 때 늑대들도 정원을 누비며 주변을 탐색했다.

새로운 장소이니만큼 여기저기 기웃거렸던 것이다.

그리고 그 선두에는 흑휘가 있었다.

늑대들이 사고를 치지 않게 잘 지켜보라는 석진호의 명령
이 있었기에 흑휘는 날카롭게 눈을 빛내며 별채 주변을 살펴
보는 한편 늑대들에게 주의를 주는 것도 잊지 않았다.

늦은 저녁 소소한 술상이 차려졌다.

오랜만에 모인 자리를 축하할 겸 모용천이 술자리를 만들
었던 것이다.

그런데 방에는 한 명이 더 있었다.

"있어도 괜찮지?"

"왠지 모르게 익숙한 모습인데."

초대받은 방에 들어가며 북궁혁이 미간을 좁혔다.

모용천과 백리선이 나란히 앉아 있는 모습이 이상하게 익
숙하게 느껴져서였다.

"익숙하다고요?"

"……좀 위험한 발언인 거 같은데."

날이 바짝 선 백리선의 목소리에 모용천이 전전긍긍한 기
색을 띠었다.

자칫 잘못하면 오해가 생길 것 같아서였다.

"아, 천이가 여자와 있는 모습이 익숙하단 게 아니고 이 자

武人誕生
무인환생

리가요. 낯선데 묘하게 익숙한 느낌이랄까요."

"진호랑 당 소저의 모습이 떠오른 거 아냐?"

"그런가?"

북궁혁이 고개를 갸웃거리며 자리에 앉았다.

여전히 긴가민가하는 얼굴이었다.

하지만 모용천은 진지했다.

"승천무관에서 지금과 비슷한 자리가 많았잖아."

"비슷한 자리요?"

백리선이 도끼눈을 떴다.

지금의 말은 여인들과 함께한 자리가 많았다고도 해석할 수 있어서였다.

그걸 모용천도 뒤늦게 깨달은 모양인지 다급하게 양손을 저었다.

"절대 그런 의미가 아니에요!"

"구경하는 재미가 쏠쏠하네."

"역시 구경 중 제일 재미있는 건 싸움 구경이지. 불구경은 너무 위험하니까. 건강에도 좋지 않고."

이제는 질투를 숨기지 않는 백리선의 모습에 모용천이 어쩔 줄을 몰라 했다.

당황스럽기도 하고 기쁘기도 한 기색이 얼굴에 잔뜩 드러나 있었다.

"청춘이구만."

"너는 아닌 것처럼 말한다?"

북궁혁이 장난스럽게 물었다.

싸우고 있는 백리선을 포함해서 여기 있는 네 명은 전부 또래였다.

그러니 애늙은이 같은 발언은 어울리지 않았다.

"나는 좀 다르지. 정신연령 자체가 다르니까."

"퍽이나."

북궁혁이 코웃음을 쳤다.

그로서는 절대 인정할 수 없는 발언이었기에 북궁혁은 연신 코웃음을 치며 고개를 저었다.

"미안하다. 혁이 저놈이 쓸데없는 발언을 하는 바람에."

"쓸데없다니. 내가 그렇게 느껴서 말한 건데."

"너는 말조심을 할 필요가 있어."

모용천이 매서운 눈빛으로 북궁혁을 쏘아봤다.

하지만 그 눈빛에 겁먹을 북궁혁이 아니었다.

"이 정도 가지고 말조심은 무슨. 그리고 혼인 전에는 자주 싸워 봐야 해. 서로의 밑바닥을 봐야 한다니까? 그래야 나중에 덜 싸워."

"……그건 또 무슨 논리야."

모용천은 물론이고 백리선 역시 어이없다는 표정을 지었다.

그런데 의외로 석진호는 동의하는 기색이었다.

"자주 싸워서 나쁠 건 없지. 싸우는 것도 서로를 알아 가는 과정이니까."

"오호, 이상한데? 내가 알기로 너는 여자를 만난 적이 없는데?"

"여자를 만난 적은 없지만 여자를 모르지는 않지. 내가 어디 출신인지 다들 알잖아?"

"흐음."

세 사람이 여전히 미심쩍은 눈빛으로 쳐다봤다.

석진호가 석가장 출신인 건 알지만 그렇다고 여자를 많이 만났다는 말은 들은 적이 없어서였다.

심지어 기루에 갔다는 소문도 없었다.

말 그대로 너무나 깨끗했다.

"심양의 분위기는 어때?"

너무 자신에게 쏠린 듯한 분위기에 석진호가 자연스럽게 화제를 전환했다.

내심 궁금하기도 했고 말이다.

"별다를 건 없어. 아무래도 중원에 속해 있기는 하지만 청해성이나 운남성처럼 변방으로 취급받는 곳이 요녕성이니까."

"그래도 모용세가의 등장을 썩 반기지 않는 곳들이 있을 텐데."

"당연히 있지. 자신의 세력이 약화되고 축소되는 걸 좋아하는 이들은 없으니까. 하지만 그 견제들을 이겨 내고·박살 내야 요녕성의 맹주가 될 수 있어."

"맹주라."

"일단은 그게 첫 번째 목표야. 오대세가를 넘어 천하제일가가 되는 게 내 인생의 목표이지만 당장 실현하는 건 사실 불가능하니까. 그러니 차근차근 하나씩 단계를 밟아 나가야지."

모용천의 두 눈에 커다란 야망이 서렸다.

그런데 그 모습에 석진호는 조금 우려를 표했다.

"옆에 백리 소저가 있는데 그 발언은 좀 위험한 거 같다?"

"괜찮아요. 무가에 있어 경쟁은 피할 수 없는 일이니까요. 그리고 여인은 출가외인이라고 하잖아요. 만약 모용 공자님과 혼인을 한다면 저는 모용세가 사람이에요."

"하하하……."

백리선이 이렇게 말할 줄은 몰랐는지 모용천이 머쓱하게 웃었다.

그러나 얼굴은 그 어느 때보다 붉어져 있었다.

이렇게 말해 주는 게 내심 기뻤던 것이다.

"물론 그렇다고 해서 제가 백리세가와 연이 완전히 끊어지는 것은 아니지만요."

"그건 그렇죠."

"근데 아직도 서로 존대하네?"

북궁혁이 백리선과 모용천을 번갈아 쳐다봤다.

무인환생

지난번에도 느꼈지만 두 사람은 여전히 존대를 하는 중이 었다.

함께한 시간이 상당했음에도 불구하고 말이다.

"이게 좋은 거 같아서. 존대하는 게 익숙해지기도 했고."

"저도요."

"뭐, 두 사람이 그렇다면야."

서로를 바라보는 눈빛에서 꿀이 뚝뚝 떨어지자 북궁혁은 더 이상 묻지 않았다.

두 사람이 좋다는데 그가 뭐라 할 자격은 없어서였다.

또르륵.

"온다고 연락이 왔을 때 조금 놀랐어. 이렇게 일찍 찾아올 줄은 몰랐거든."

"내 돈을 어떻게 쓰는지 확인을 할 필요가 있다고 생각했 거든."

"왜? 내가 탕진이라도 할까 봐?"

"겸사겸사 유람도 하고. 슬슬 아이들에게 실전 경험이 필 요할 시기가 되기도 해서."

"여기저기에서 귀찮게 해서 그런 건 아니고?"

모용천이 빈 잔에 술을 따라 주며 의미심장하게 웃었다.

마치 석진호의 현재 상황을 다 안다는 듯이 말이다.

"그것도 좀 있고."

"연락 엄청 오지? 새로 관도 더 안 받느냐고 묻는 곳들도 많지?"

"맞아."

하루가 멀다 하고 거의 폭격처럼 쏟아지는 전서구와 서찰에 석진호는 진이 다 빠질 지경이었다.

별의별 초대장은 물론이고 자신의 자식이, 친척이, 지인이 희대의 천재라며 한번 만나 보라는 제안도 엄청나게 많았다.

예전에도 이런 식의 서신은 많았지만 역천마궁주를 잡은 후와는 감히 비교할 수 없었다.

오죽했으면 정마륭조차 진저리를 칠 정도였다.

"근데 이해는 가. 나였어도 한번 찔러봤을 거야. 만약 제자가 된다면 인생 자체가 달라지는데. 당대 천하제일인의 제자가 되는 거 아냐. 인연도 맺고."

"인생 역전이지."

조용히 술잔을 기울이고 있던 북궁혁도 동조했다.

못 먹는 감 찔러나 본다고 한번 떠봐서 나쁠 건 없었다.

만약 된다면 진짜 좋은 일이었고.

"눈에 들어오는 아이는 없어?"

"내 나이 이제 약관이다. 이 나이에 제자는 무슨. 아직 그럴 생각 없다."

석진호가 단호히 말했다.

수없이 많이 환생했지만 정식으로 제자를 들인 적은 없었다.

목표가 확실했기에 다른 일에 관심을 일절 두지 않았던 것이다.

그리고 그건 지금도 마찬가지였다.

'환생을 끊을 방도를 찾아야 하는데 제자는 무슨.'

보통은 자신의 무맥이 끊어지진 않을까 걱정한다지만 석진호는 아니었다.

모든 무공을 스스로 쌓긴 했으나 미련은 없었다.

자연스레 잊힌다고 해도 상관없었다.

"하긴 우리 나이가 그런 걸 걱정할 나이는 아니지."

"그래도 한 번쯤 고민할 필요는 있다고 생각해. 승천무관을 생각하면 말이지."

"자식을 낳을 경우도 있고."

"그러니까."

북궁혁과 모용천이 눈빛을 교환했다.

그런데 두 사람의 눈빛은 상당히 닮아 있었다.

"저기."

"편히 말씀하세요."

두 친구가 묘한 눈빛을 주고받을 때 술 대신 차를 마시던 백리선이 조심스럽게 말문을 열었다.

모용천 덕분에 꽤 자주 보기는 했으나 그녀에게 석진호는 여전히 어려운 상대였다.

나이는 비슷했지만 지닌 바 무위가 무위이니만큼 그녀로

서는 조심스러울 수밖에 없었다.

부친인 백리세가주조차 함부로 대할 수 없는 게 지금의 석진호였기에 백리선은 표정을 살피며 말을 이었다.

"주제넘을지도 모르지만 한 가지 묻고 싶은 게 있어서요."

"제게요?"

"네."

처음 운을 떼기가 어려워서 그렇지 대화가 계속 이어지자 백리선의 표정이 점차 편해졌다.

하지만 반대로 모용천은 어두워졌다.

묻고 싶다는 말은 달리 말하면 궁금한 게 있다는 뜻이었고, 궁금하다는 건 관심이 있다는 뜻과도 일맥상통해서였다.

"작작 해라. 뭔 질투를 그렇게 해?"

"내가 언제?"

북궁혁의 말에 모용천이 잽싸게 표정을 가다듬었다.

그러나 그런 모용천의 모습에도 북궁혁은 고개를 저었다.

"사실 저에게 들어오는 청탁이 상당해요."

"청탁요?"

"예. 석 공자님과 자리 한번 만들어 달라고요."

석진호가 실소를 흘렸다.

그 정도로 백리선의 말은 생각지도 못한 것이었다.

하지만 북궁혁과 모용천은 달랐다.

"벌써 시작된 건가."

무인환생

"오히려 늦은 편이지. 할아버지라도 제 딸을 바치는 이가 수두룩한 게 무림인데."

"능력제일주의의 세상이긴 하지. 더구나 진호는 이제 스무 살이니."

"얼마나 창창해?"

"너는 아닌 것처럼 말한다?"

북궁혁이 어이없다는 얼굴로 모용천을 쳐다봤다.

그러나 그 시선에 모용천은 옆에 앉아 있는 백리선의 손을 잡았다.

"난 임자가 있잖아. 백리 소저가 떡하니 옆자리를 지키고 있으니 걱정할 필요가 없지. 그리고 너 역시 마찬가지야. 북해빙궁이 멀리 있다고 하나, 인연을 맺어 둬서 나쁠 건 없지. 이미 북해빙궁주가 중원에 모습을 드러낸 마당에."

"나도 태중 혼약한 사람이 있어서. 나중에 첩을 들일 수도 있지만 당장은 생각이 없어."

"그래서 그렇게 목석처럼 군 것이었구만?"

"목석은 무슨. 난 네놈들과는 달라. 아예 다른 세상에서 살아온 사람이라고."

북궁혁이 콧대를 세우며 거들먹거렸다.

백리선이 있어 말하지 못할 뿐 그는 풍류를 아는 남자였다.

아마 셋 중에 여자를 제일 많이 만나 본 사람이 자신일 것이었기에 북궁혁은 거만한 눈으로 친구들을 번갈아 쳐다봤다.

"눈빛이 심히 마음에 안 드는데."

"그렇다고 해. 하나 정도는 제일 잘하는 게 있어야지."

"……뭐라고?"

모용천의 반응은 마음에 들었지만 석진호는 달랐다.

그렇기에 북궁혁이 얼굴을 일그러뜨렸다.

"호호호!"

삼괴라 불리며 강호를 진동시키는 후기지수들이, 그중의 한 명은 당당히 천하제일인으로 인정받는 이가 티격태격하는 모습에 백리선은 자기도 모르게 웃고 말았다.

지금의 모습만 보면 여느 청년들과 다를 게 없어서였다.

동시에 그녀는 부러운 마음도 들었다.

그녀에게는 저렇게 편하게 대할 수 있는 친구가 단 한 명도 없어서였다.

'참 신기하단 말이지.'

백리선이 새삼스러운 눈빛으로 세 사람을 쳐다봤다.

모용천이 연인이기에 그녀는 다른 이들보다 세 명에 대해서 많이 알고 있었다.

그렇기에 생각할수록 신기했다.

이 세 명이 모여서 진짜 친구가 된 게 말이다.

'저런 게 운명이라는 걸까.'

세 사람은 참으로 묘한 관계였다.

무인환생

친구이지만 동시에 경쟁자이기도 했다.

삼괴라 불렸으나 모두가 알았다.

석진호에 비하면 모용천이나 북궁혁이 크게 떨어진다는 사실을 말이다.

그런데 웃긴 건 떨어진다는 평가를 받는 모용천이나 북궁혁도 어마어마한 실력자라는 점이었다.

삼괴가 나타나기 전까지 늘 최고의 자리에 있던 육룡을 가볍게 찍어 누른 게 바로 두 사람이었다.

그런데도 셋은 싸우기는커녕 사이가 너무나 좋았다.

재미있는 건 그러면서도 호승심을 숨기지 않는다는 점이었다.

'근데 따라잡을 수 있을까?'

엎치락뒤치락하는 모용천, 북궁혁과 달리 석진호의 무위는 압도적이었다.

후기지수라 불릴 나이에 천하제일인의 자리에 오른 무인이 석진호였다.

죽은 무당검존을 대신해 천하십대고수에 이름을 올리기도 했고.

물론 미래는 어떻게 될지 모르는 것인 만큼 모용천과 북궁혁이 석진호를 따라잡을 가능성은 있겠으나 솔직히 그녀가 보기에 추월하기는 힘들 것 같다는 생각이 들었다.

'그러니까 어떻게든 나한테 자리를 만들어 달라는 것이겠

지.'

심지어 그녀의 부친마저도 따로 넌지시 물어볼 정도였다.

모용천도 나쁘지 않지만 석진호는 어떻겠냐고.

하지만 백리선은 알았다.

석진호가 자신에게 눈곱만큼의 관심도 없다는 사실을 말이다.

"수다는 그만 떨고. 백리 소저한테 대답은 해야지."

"나는 나쁘지 않다고 보는데. 많이 만나 봐서 나쁠 건 없지. 두 사람과 혼인을 약속한 것도 아니고."

"근데 문제는 세인들의 시선이지. 대부분의 사람들이 진호랑 이어질 거라고 생각하고 있으니까. 만약 틀어지면 두 소저 다 혼인하는 게 쉽지만은 않을 거야."

"글쎄. 내 생각은 조금 다른데. 평범한 집안이었다면 그렇겠지만 오대세가 중 사천당가랑 하북팽가잖아? 틀어진다 하더라도 결혼을 못 하지는 않을걸."

북궁혁은 고개를 저었다.

소문으로 인해 힘들긴 하겠으나 그렇다고 어려울 것 같다는 생각은 들지 않았다.

당장 지금만 하더라도 두 여인을 원하는 후기지수는 수두룩할 터였다.

"내가 안 된다고 했어? 어려울 거라고 했지."

"혹 두 사람이 취향이 아니어서 거리를 두신 건 아닌가요?

무인환생

제게 좋아하는 여성상을 말씀해 주시면 거기에 맞는 사람을 소개해 드릴 수도 있어요."

모용천에 이어 백리선이 표정을 가다듬고서 말을 이었다.

그러나 석진호는 고개를 저었다.

"죄송하지만 그런 이유 때문에 두 사람을 집으로 보낸 게 아닙니다. 진짜 여자에 관심이 없어서 그렇습니다."

"으음!"

백리선의 표정이 복잡해졌다.

굳이 묻지 않아도 어떤 생각을 하는지 짐작이 가는 표정이랄까.

그래서 석진호는 황급히 말을 이었다.

굳이 유언비어가 퍼지도록 놔둘 이유는 없어서였다.

"오해하지 않으셨으면 합니다. 저는 그쪽이 아닙니다. 저는 여자 좋아합니다."

"아, 죄송해요. 저도 모르게 그만."

"단지 아직은 생각이 없을 뿐입니다. 무공에 집중하고 있기도 하고."

"그렇게나 강하신데요?"

백리선이 두 눈을 동그랗게 떴다.

천하제일인의 자리에 올랐음에도 여전히 무공에 집중하고 있다고 하자 놀라웠던 것이다.

"악착같이 추격해 오는 녀석들이 있어서요."

"좀 설렁설렁 해도 되는데 말이지."

"여자도 만나면서 말이야."

석진호의 말이 끝나기 무섭게 북궁혁과 모용천이 씨익 웃으며 입을 열었다.

추격자가 누구를 말하는지 모르지 않아서였다.

"언제라도 마음이 바뀌시면 제게 말씀해 주세요."

"그러겠습니다."

부담스러운 주제라는 걸 알기에 백리선도 더 이상 묻지 않았다.

애초에 그녀가 원해서 물어본 것도 아니었고 말이다.

무거운 주제가 지나가자 술자리가 자연스럽게 무르익어갔다.

오랜만의 술자리를 세 사람 다 즐겼던 것이다.

"우와."

다음 날 아침 모용천은 감탄을 금치 못했다.

어제 겸손하게 말한 것과 달리 소하정의 능력을 아침부터 느낄 수가 있어서였다.

괜히 전문가가 아니라는 듯이 소하정은 이른 아침부터 채소설과 함께 모용세가의 체계를 뜯어고치기 시작했다.

가장 잘 아는 주방부터 무섭게 진두지휘했던 것이다.

"다들 움직여!"

"응? 왜 이걸 이렇게 하는 거죠?"

"너무 비효율적인데?"

거기에 관도들이 합세했다.

소하정만큼은 아니지만 아이들 역시 이런 쪽 일에 잔뼈가 굵었다.

하인 생활을 해 본 아이들도 많았고, 정마룡과 탁윤의 경우 소하정과 함께 석가장에서 하인 생활을 직접 하기까지 했다.

그렇기에 장원 곳곳을 다니며 부족한 점이나 은근한 비리들을 찾아냈다.

"허!"

주먹구구식으로 운영되던 장원의 일이 빠르게 구색을 갖추어 가는 모습에 모용천은 감탄을 넘어 경탄했다.

그리고 자신이 얼마나 모르는 게 많은지 깨달았다.

동시에 비밀리에 빠져나가는 돈이 많다는 것도 말이다.

공금횡령까지는 아니더라도 알게 모르게 소액으로 뒷돈을 챙기는 이들은 물론이고 그가 준 권한을 사적으로 이용하던 이들이 순식간에 밝혀지자 모용천은 자기도 모르게 눈을 질끈 감았다.

"괜찮으세요?"

"아, 네. 좀 충격이어 가지고. 나름 고르고 골라서 뽑았다고 생각했는데……."

모용천의 곁에 있던 백리선이 걱정스러운 어조로 물었다.

표정을 보아하니 충격이 생각보다 큰 것 같아서였다.

그리고 부끄러운 마음도 들었다.

숭산에서부터 지금까지 도움을 주지 못하는 것 같아서였다.

"저도 죄송해요. 본가에서 나오기 전에 기본적인 걸 알아봤어야 했는데."

"아닙니다. 작정하고 빼돌리려고 했는데 쉽게 발견했을까요? 저건 아이들이 잘 알아서 찾아낸 겁니다. 객잔주님도 마찬가지고요. 차라리 다행입니다. 지금이라도 알았으니까요."

모용천이 마음을 다잡았다.

충격은 컸지만 차라리 잘됐다고 생각했다.

무릇 병도 예방이 중요한 것처럼 처음에 발견한 게 다행이었다.

썩은 부위가 더 커지기 전에 발견했으니 쳐 내고 다시 잘 키우면 된다.

"저도 같이 배울게요. 객잔주님을 따라다니면서요."

"힘드실 텐데……."

"집안일은 안주인이 해야죠. 그래야 낭군님이 밖에서 큰일을 하시지 않겠어요?"

"하하."

모용천이 헤벌쭉 웃었다.

안주인과 낭군님이라는 말에 녹아내린 것이었다.

무인환생

그런데 정작 민망한 말을 한 백리선은 아무렇지도 않은 표정이었다.

"다만 처음부터 잘할 자신은 없어요. 그러니 시간이 좀 걸리더라도 이해해 주세요."

"당연하죠. 처음부터 잘하는 사람이 어디 있겠습니까. 다 시행착오를 겪으며 경험이 쌓이는 거죠. 그래도 다행인 건 가르쳐 줄 사람들이 있다는 거니까요."

"맞아요."

농담처럼 얘기했지만 지금은 달랐다.

진짜 천군만마를 얻은 느낌이었다.

그렇기에 모용천은 정마룡과 탁윤 그리고 관도들을 따라다니며 관리와 운영에 관한 것들을 배웠다.

또한 사람을 뽑는 일에도 두 사람에게 적극적으로 도움을 요청했다.

"저희가 이렇게 나서도 되는 건지 모르겠습니다."

"나서도 돼. 가주인 내가 허락한 일이니까. 그리고 내가 알아야 하는 것들이 있으면 허심탄회하게 다 말해 줘."

"어, 음."

백리선이 말한 대로 소하정과 채소설에게로 가자 모용천은 정마룡과 탁윤에게 붙었다.

그리고 두 사람이 지시하는 걸 모조리 머릿속에 담았다.

"마음 같아서는 너희 두 사람을 영입하고 싶지만, 불가능하겠지."

"하하하."

정마릉이 머쓱하게 웃었다.

십 년 넘게 했던 하인 생활이 이렇게 도움이 될 줄은 몰라서였다.

"저희도 잘 아는 건 아닙니다. 직급에 따라 하는 일이 다르니까요."

"그래도 나보다는 많이 알잖아. 그게 중요해. 나는 진짜 아무것도 모르니까. 그냥 단순히 돈만 때려 박았지."

모용천이 살짝 부끄럽다는 표정을 지었다.

새삼 자신이 얼마나 무모하게 시작했는지 처절하게 느낄 수 있어서였다.

"저희가 알고 있는 건 일단 다 알려 드리겠습니다."

"고맙다."

"아닙니다. 별거 아닌데요."

"역시 사람이 가장 중요한 거 같아. 믿을 수 있는 사람이."

"그렇긴 하죠."

모용천은 정마릉, 탁윤과 함께 장원을 돌아다니며 차근차근 일을 배웠다.

그뿐만 아니라 관도들에게도 조언을 구했다.

사소한 것일지도 모르지만 가문과 직접적으로 관계된 것이기에 모용천은 그 어떤 것도 허투루 배우지 않았다.

武人還生
무인환생

"열심히 하네."

"충격이 컸을 테니까."

"근데 생각해 보니까 나도 모르는 게 많더라고. 대부분은 총관이 알아서 하니까. 나는 보고만 받는 편이고."

"대부분은 그렇지."

정신없이 장원을 돌아다니는 모용천을 내려다보며 석진호가 고개를 주억거렸다.

이미 체계가 잡혀 있는 상황에서는 굳이 알 필요가 없어서였다.

오히려 인재를 적재적소에 활용하는 게 더욱 중요했다.

다만 모용세가는 이제 막 부활의 기지개를 펴는 상태이기에 손이 많이 가는 것일 뿐.

"혹시 이것 때문에 온 거냐?"

"뭐가?"

"아닌가?"

"무슨 말인지 모르겠네."

북궁혁이 미심쩍은 눈빛으로 석진호를 쳐다봤다.

문득 의심이 들어서였다.

아닌 척하지만 주변 사람들을 은근히 챙기는 게 석진호이기도 하고.

"얼마나 머물 거야?"

"느긋하게 있다 갈 생각이다. 아, 넌 북해에 가야 하나?"

"난 기간을 딱히 정해 놓은 건 없어서. 나 복귀하고 싶을 때 가면 된다. 한노도 요즘 열심히 수련 중이기도 하고. 경쟁자가 나타나서 그런가. 요즘 아주 독이 바짝 올라 있어."

북궁혁의 시선이 연무장으로 향했다.

엄진근과 마주 보고 서 있는 한노에게로 말이다.

단짝처럼 거의 매일 붙어서 대련하는 두 사람의 모습에 북궁혁이 질렸다는 표정을 지었다.

"뭔가 보이는 모양이지. 얘기를 들어 보니 오랫동안 정체되어 있다고 하던데."

"정체가 꽤 길기는 했지. 한 십오 년 정도 됐나."

"그럼 기를 쓰고 달려들 만하지. 다른 벽도 아니고 절망의 벽인데."

석진호는 한노의 심정을 충분히 이해할 수 있었다.

그 역시 수십 년, 아니 수백 년의 세월을 절망의 벽 앞에서 보냈다.

그렇기에 한노가 매달리는 게 이해되었다.

"분명 좋은 일이긴 한데, 나이가 있으니까 걱정이 되네."

"자기 관리를 워낙에 잘해서 걱정하지 않아도 될 거다. 운이 좋으면 벽을 넘으면서 환골탈태를 할 수도 있고."

"그럼 더할 나위 없이 좋긴 한데 말이지."

내공은 일절 사용하지 않고 대련하는 한노를 보며 북궁혁이 턱을 쓰다듬었다.

무인환생

말처럼만 되면 그것보다 좋은 일은 없었다.

그러나 사람 일이라는 게, 특히 절망의 벽은 단순히 재능 있고 노력한다고 해서 넘을 수 있는 게 아니었다.

천운이 닿아야 도달할 수 있는 경지가 초월경이었기에 북궁혁은 닿지 못하더라도 한노가 실망하지 않았으면 했다.

"잘될 거다. 하늘은 노력하는 사람에게 시련은 줘도 배신은 하지 않으니까."

"참 묘한 느낌이란 말이지. 네가 이런 말을 할 때마다 같은 사람처럼 느껴지지가 않아. 아버지도 같은 초월경이지만 이런 느낌은 안 드는데."

"쌓은 길이 다르니까. 초월경은 자신만의 길을 가는 사람만이 오를 수 있어. 남을 따라가서는 절대 오를 수 없지."

"알지. 아는데 그게 말처럼 쉽지 않아서 그렇지."

북궁혁이 입맛을 다셨다.

아는 것하고 실제로 펼치는 것하고는 괴리가 상당했기에 그로서는 씁쓸할 수밖에 없었다.

"우선은 다시 이기는 것부터 시작해. 괜히 잡히지도 않는 것에 매달리지 말고."

"내가 더 강하거든? 어제는 몸 상태가 이상하게 안 좋아서 그런 거야! 원래는 내가 반 수 더 강하다고!"

북궁혁이 발끈했다.

아닌 척해도 어제의 패배가 가슴에 깊게 남은 모양이었다.

하지만 석진호는 그걸 위로해 주지 않았다.

지금 북궁혁이 느끼는 감정을 모용천 역시 질리도록 느꼈다는 걸 알아서였다.

'호적수가 있다는 건 좋지. 서로에게 좋은 자극이 되니까. 쉽게 무너지지 않는 원동력이 되기도 하고.'

처음 만났을 때와 비교하면 북궁혁이나 모용천 모두 눈부시게 성장했다.

이런 성장세가 가능한 것인지 의심이 들 정도로 말이다.

그리고 그 이유는 호적수라 할 수 있는 서로의 존재 덕분이었다.

거기에 한 가지 더 추가한다면 자신을 들 수 있었고.

"나 궁금한 거 있는데 물어봐도 되냐?"

"뭘 물으려고 그렇게 분위기를 잡아?"

"궁극적인 목표가 뭐야? 널 보면 무공을 딱히 열심히 수련하는 것 같지 않은데 또 어느 때 보면 누구보다 처절하게 하고. 그런데 이상하게 명성이나 강호에는 관심이 없고. 자기만의 공부를 위해서라면 차라리 도가 계열의 무공이 맞을 텐데 또 펼치는 무공을 보면 그게 아니란 말이지."

북궁혁의 얼굴에 의문이 가득 떠올랐다.

종잡을 수 없는 성격이라는 걸 잘 알았지만 그래도 너무 이상해서였다.

아무리 봐도 이해가 가지 않는다고나 할까.

무인환생

심지어 석진호는 야망도 없었다.

마음만 먹으면 강호일통도 불가능하지 않을 것 같은데 그런 쪽에는 조금의 관심도 없었다.

딱 무공과 가족들만 신경 썼다.

"반드시 이뤄야만 하는 목표가 있다. 무공은 그 수단이고. 그 외에는 네가 봤다시피 딱히 관심이 없어."

"희한하단 말이지. 내가 만약 너였다면 무림정복을 노렸을 거야. 상황도 얼마나 좋아? 군웅할거의 시대잖아."

"일없다."

싸움이라면 전생까지 질리도록 해 봤다.

그리고 강호를 일통한다고 한들 권불십년, 화무십일홍일 뿐이었다.

불사의 존재가 되지 않는 한 인간은 결국 죽고, 역사는 반복될 뿐이었다.

그럴 바에는 차라리 의미 있는 삶을 사는 게 나았다.

'나에게는 그게 영원한 안식이고 말이지.'

정말로 석진호는 이제 쉬고 싶었다.

꿈도 이루었기에 미련도 없었다.

그저 평범한 사람들처럼 죽음이 삶의 끝이길 바랐다.

"특이하다니까."

"하고 싶으면 해 봐. 남자가 야망을 가지는 건 당연하니까."

"너도 있고 천이도 있는데 가능하겠어? 너희 두 사람이 도와주면 모를까. 근데 셋이 힘을 합쳐도 문제야. 결국에는 우리끼리 싸우게 될 테니까."

북궁혁이 고개를 저었다.

아무리 친구 사이라지만 끝은 명백했다.

자식부모 간에도 나누지 않는 게 권력이라고 했다.

차라리 그가 천하제일인이 되면 모를까 단순히 셋이 힘을 합쳐서 무림을 정복한다고 한들 마지막에는 파국으로 치달을 터였다.

"일단 강해지는 것부터 생각하자."

"그게 정답이기는 하지. 우선은 너부터 뛰어넘어야 하니까."

"열심히 하도록."

"내가 꼭 너를 때려눕히고야 만다!"

"할 수 있다면야."

여유로운 석진호의 모습에 북궁혁이 발끈했다.

하지만 그 기세는 얼마 가지 못했다.

당장은 스스로도 불가능하단 걸 알고 있어서였다.

그러나 나중에는 다를 거라고 북궁혁은 생각했다.

"얼마 안 걸릴 거다. 내 반드시 흙탕물 싸움으로 만들어 주겠어."

"그것도 재미있겠네."

"흥!"

끝까지 여유로운 태도에 북궁혁이 고개를 돌렸다.

무인환생

하지만 토라진 듯한 북궁혁의 태도에도 석진호는 특유의 무덤덤한 얼굴로 창밖을 내려다보기만 했다.

✦

모용세가의 체질 개선을 끝내고 모두가 비무로 정신없을 때 석진호도 나름 바쁘게 하루를 보내고 있었다.

명상을 하며 수련에 매진했던 것이다.

남들이 보기에는 딱히 열심히 수련하지 않는 것처럼 보였으나 그건 모르기에 하는 소리였다.

석진호 정도 되면 육체적 수련보다는 명상과 같은 정신적 수련이 훨씬 더 중요했다.

'복기할 것도 없군.'

이미 전생 때 이루었던 무공을 뛰어넘은 상태였다.

지금은 새로운 경지, 미개척지를 스스로 나아가야만 하는 상황이었기에 석진호는 복기보다는 생각을 정리했다.

방향을 잘 잡아야지만 헤매지 않고 올바른 길로 갈 수 있기에 석진호는 그 부분에 집중했다.

육체적인 부분이나 초식은 더 이상 손볼 것이 없기에 그는 오직 깨달음 하나에만 매달렸다.

'이런다고 깨달음이 오지는 않겠지만.'

갈망할수록 이상하게 점점 멀어지는 게 깨달음이었다.

그러다가 불현듯 찾아오기도 했고.

때문에 석진호는 깊게 고뇌하고 궁리하면서도 집착하지는 않았다.

끈기와 근성은 반드시 필요한 소양이지만 그게 집착으로 변하는 순간 원하는 걸 얻기가 요원해진다는 걸 지금까지의 경험으로 잘 알아서였다.

또한 집착이 광기로 변하는 건 순식간이었다.

'무릇 무슨 일이든 중심을 잡는 게 가장 중요한 법이지.'

석진호는 중용(中庸)이라는 두 글자를 새삼 떠올리며 깊게 생각에 잠겼다.

뜬구름 같은 경지나 소설에서 나올 법한 온갖 내용들이 머릿속에 떠올랐다가 사라졌다.

모두가 허황된 것이라고, 말도 안 되는 것들이라고 싸잡아 말했지만 석진호는 편견 없이 진지하게 생각했다.

어쩌면 생각지도 못한 곳에서 길을 발견할 수도 있었기 때문이다.

'두 명은 어떻게 전설이 되었을까.'

그러다가 문득 석진호는 이런 생각이 들었다.

무공이 나타나기 전부터 강호는 존재했었다.

아니, 어쩌면 사람이 사람으로서 존재하는 순간부터 무림은 있었을 터였다.

그래서 그는 의문이 들었다.

武人還生
무인환생

세월이 흘러 무공이 발전했으나 지금까지도 전설처럼 회자되고 고금제일인이라 불리는 인물은 딱 두 명뿐이었다.

'천마와 장삼봉.'

마교와 무당파의 시조이자 지금까지도 감히 누구도 범접할 수 없는 무인이자 거인이 바로 그 두 사람이었다.

그렇기에 석진호는 의문이 들었다.

두 명의 개척자가 어떻게 그만한 경지까지 도달했는지 말이다. 자신과 마찬가지로 두 사람 역시 누구에게도 가르침을, 조언을 받지 못했을 터였다.

그런데도 둘은 신화나 마찬가지인 전설을 쓰고 지금까지도 이름이 회자되고 있었다.

석진호는 그게 요즘 들어 너무나 신기했다.

'혹시?'

일가를 이루는 걸 넘어 무림이라는 세계에 커다란 족적을 남긴 두 사람을 생각하던 중 석진호는 문득 한 가지 의혹이 생겼다.

어쩌면 두 사람도 자신과 같은 환생자가 아닐까 하는.

자신이 있는데 다른 사람이라고 환생하지 말라는 법은 없었다. 그가 있기에 다른 환생자가 있을 수도 있다는 생각이 들자 의심은 더욱 짙어졌다.

'아니. 지금은 그게 중요한 게 아니다.'

맞을 수도 있고 틀릴 수도 있지만 중요한 건 그게 아니었다.

현재 자신이 강해지는 게, 더 높은 경지에 오르는 게 가장 중요했다.

'마공과 도공이라.'

상극이나 다름없는 무공이었으나 천마와 장삼봉은 마공과 도공을 이용해 인간의 탈을 벗었다고 했다.

그렇다면 그 역시 가능할 터였다.

'혼원천뢰신공은 마공도, 도공도 아니지만 근본은 같다. 그렇다면 오르는 길 역시 있다는 뜻.'

굳이 구분하자면 마공보다는 도공에 가깝다고 볼 수 있었다. 그리고 석진호는 도공도 몇 개 가지고 있었다.

바로 무영신투의 비동에서 구대문파 중 도가 계열인 몇몇 곳의 무공을 알았기에 석진호는 순식간에 무공서를 떠올려 곱씹었다.

'일단 지금 해 볼 수 있는 건 다 해 본다.'

도공은 기본적으로 자연을 본떠 만들었다.

궁극의 경지가 무위자연이기도 했고.

자연을 보면서 배우는 게 도공이었기에 석진호는 그 부분에 집중했다.

우우우웅!

좋게 말하면 시도고 나쁘게 말하면 모험이라 할 수 있었지만 석진호는 마음을 편하게 먹었다.

무인환생

고작 이 정도에 흔들릴 무공도 아니거니와 최악의 상황이라고 해 봤자 죽음뿐이었다.

환생의 고리를 끊지 못했으니 이 자리에서 죽는다면 또 다른 몸으로 다시 태어날 게 뻔했다.

그래서 석진호는 고민은 하되 선택한 후에는 망설이지 않았다.

'실패할 가능성은 적어. 흑휘라는 사례가 있으니까.'

석진호의 주위로 무시무시한 기운의 폭풍이 몰아치기 시작했다. 그런데 놀라운 점은 그게 밖으로 뻗어 나가지 않는다는 점이었다.

혼원천뢰기는 완벽한 구의 형태를 이루며 석진호를 감싼 채로 빠르게 회전했다.

'모으고 또 모은다. 상단전, 중단전, 하단전을 연결하는 것을 넘어 몸 전체를 단전화하는 거다.'

솔직히 지금 석진호가 쌓은 내공만 하더라도 천하에 적수가 없을 정도였다. 그보다 더 많은 내공을 가진 이는 흡정마공을 익힌 역천마궁주밖에 없을 정도로 말이다.

하지만 이 정도로는 부족했다.

천마, 장삼봉과 대등한 경지에 닿기에는 말이다.

그래서 석진호는 그동안 생각만 해 두고 있던 걸 이참에 시도했다.

'시작은 무조건 한 발이다. 모든 건 첫발에서 시작하니까.'

석진호의 입가에 미소가 맺혔다.

지금 선택한 길의 끝에 실패가 있을지도 몰랐다.

하지만 중요한 건 가 봐야 안다는 점이었다.

그리고 가다가 성공으로 가는 길을 발견할지도 몰랐기에 석진호는 망설이지 않고 한 발을 내디뎠다.

쿠르르릉!

석진호의 내부에서 우렛소리가 터져 나왔다.

동시에 찬란한 황금색이 솟구치며 석진호를 감쌌다.

"분위기가 묘하게 달라졌는데."

이른 아침부터 말을 타고 나온 북궁혁이 미간을 좁히며 석진호를 쳐다봤다. 하룻밤 사이에 석진호의 분위기가 살짝 달라진 것 같아서였다.

"나만 느낀 게 아니었나 보네?"

"너도 그래?"

"응. 묘하게 기운이 달라진 느낌이라고나 할까."

옆에 있던 모용천 역시 고개를 갸웃거렸다.

콕 짚어 설명할 수는 없지만 분명히 달라진 듯한 느낌이 들었다.

"저는 잘 모르겠어요."

武人還生
무인환생

"너희는?"

다만 백리선은 별 차이를 못 느끼는 듯하자 북궁혁이 이번에는 정마륭과 탁윤, 그리고 아이들을 쳐다봤다.

자신만큼이나 석진호와 오래 함께한 이들이었기에 무언가 느끼는 게 있을 것 같아서였다.

"글쎄요. 저도 별 차이 없어 보이는데요?"

"저도요."

"그렇단 말이지."

북궁혁이 턱을 쓰다듬었다.

자신과 모용천만 느꼈다고 하자 잘못 느낀 건가 싶어서였다.

"설마 깨달음을 얻었나?"

"에이, 너도 알잖아. 깨달음이라는 게 원한다고 그냥 오는 게 아니라는 걸."

"진호라면 가능하지 않을까?"

일순 북궁혁이 몸을 움찔거렸다.

왠지 모르게 타당하다는 생각이 들어서였다.

"쓸데없는 소리는 그만하고. 근데 마적단이 이 근방에 있는 거 맞아?"

다음 권으로 이어집니다

꿈의 도약, 로크에서 하십시오
(주)로크미디어에서 신인 작가를 모십니다

즐거운 세상, 로크미디어는 꿈을 사랑하고 도전을 두려워하지 않는 작가 분들의 참신한 작품을 기다리고 있습니다. 21세기 장르 문학계를 이끌어 갈 차세대 선두 주자 (주)로크미디어에서 여러분의 나래를 활짝 펴 보시길 바랍니다.

모집 분야 판타지와 무협을 포함한 장르 문학
모집 대상 아마추어 작가, 인터넷 작가
모집 기한 수시 모집
작품 접수 시 유의 사항
   1. 파일명은 작가명_작품명.hwp형식을 갖춰 주십시오.
   1. 파일에 들어갈 내용은 다음과 같습니다.
      – 성명(필명인 경우 실명을 밝혀 주세요), 연락처, 이메일 주소.
      – 제목, 기획 의도.
      – A4 용지 1장 분량의 등장인물 소개.
      – A4 용지 2장 분량의 전체 줄거리.
      – 본문.
   1. 작품이 인터넷에 연재되고 있다면, 게시판명과 사이트의 구체적이고 정확한 주소를 기재해 주십시오.

선택된 작품은 정식 계약 후 출판물로 간행되어 전국 서점에 유통됩니다.
작가분은 (주)로크미디어의 전폭적인 지원하에 전속 작가로 활동하시게 됩니다.
※ 자세한 내용은 로크미디어 홈페이지(rokmedia.com)를 참조하세요.

(04167)서울시 마포구 마포대로 45 일진빌딩 6층
(주)로크미디어 편집부 신간 기획 담당자 앞
전화 : 02 – 3273 – 5135
www.rokmedia.com   이메일 : rokmedia@empas.com